お初の繭

一路晃司

角川ホラー文庫
17605

お初の繭

一

無間之《むけんの》国産子《くにうぶこ》村のお初《はつ》は、十二の歳で遠国の製糸工場《キカヤ》に働きに出ることになりました。

無間之国は産業の細い貧乏な地域ですが、特に、山奥の産子村はどの家も食うや食わずの貧乏農家ばかりなので、若い娘が家計を助けるために製糸工場に奉公に出るのは、ここ十数年ほどの慣わしになっていたのです。

奉公先は、産子村から西に五十里《約二百キロ》ほど離れた果口之《はてくちの》国蚕喜《くにさんき》村にある、『瓜生《ふりいく》製糸会社』という会社でした。工女五十人ばかりが働く比較的小さな工場ですが、生産される生糸の品質が極めて高いので、生糸相場の高騰暴落に振り回されることもなく、業績は常に安定しています。毎年、大勢の工女を雇い入れてくれるので、村では福の神のようにありがたがっていました。

お初が正式に工女の被傭《ひよう》契約を結んだのは、義務教育を終えて学校を卒業した日でした。会社から福助《ふくすけ》さんという工女集めの手配人が村にやってきて、お初と同い年の娘を持つ親たちを集めて、雇い入れの契約書を配りました。お初の父親は字もろくに読めないくせに、契約金の額を聞いて、一も二もなく契約書に判をつきました。無学で貧乏な両親は、お初を筆頭に娘四人を抱えて愚痴が絶えたことがありませんでしたが、この日だけは珍しく上機嫌でした。晩になっても、いつもお決まりの「学校《がっこ》さ行く前《めぇ》に、畑の手伝いがあんだぞ。とっとと寝ろ！」という小言もなく、お初は久しぶりに妹たちと夜遅くまでお喋《しゃべ》りをして過ごしました。

お初は読み書きはまあまあ得意でしたが、契約は親に一任するのが習いなので、書類に目は通しませんでした。しかし、福助さんや親から、これだけは覚えておくようにと釘《くぎ》を刺されたことがいくつかありました。契約では、工女になれるのは義務教育を修了した十二歳以上十七歳までの子女に限られ、被傭契約の期間は三年間だということ。この期間中は会社のいかなる命令にも逆らうことは許されず、いったん契約が交わされると、それを破棄することはできないということ。そして、契約違反をすると、工女の身元保証人が契約金の十数倍の弁償金を支払わなくてはいけないので、工女は仕事が辛《つら》くても辞めずに辛抱しなくてはいけないということでした。

製糸工場奉公に出る姉《あね》さんたちを周りに見て育ったお初は、そんなことはいまさら聞かされなくてもよくわかっていました。奉公とは名ばかりで体《てい》の良い身売りだということも、ずっと以前から理解していたのです。だから、福助さんが、「慣れさえすれば、工場の仕事は楽なもんだ」、と吹聴《ふいちょう》した時も、お初はその言葉を鵜呑《うの》みにはしませんでした。三年の契約期間を無事に終えて家族のもとに戻ってくる娘の割合はせいぜい五人に一人で、そのほとんどが年齢の高く体力のある姉さんたちです。労働が過酷なのは子供心にも容易に察しがつきました。

雇用条件が厳しいのは、そればかりではありませんでした。工女の死因はすべて「不慮の事故」として処理され、遺族に詳しい事情が伝えられるどころか、遺骨が届けられることすらなかったのです。これは、労働災害が表沙汰《おもてざた》になると都合が悪いので、会社が事情をうやむやにしたがるからでした。残念なことに、契約書には「契約期間中に工女死亡の際は、工女の親権者は、事後処理一切を雇用主に一任することを承諾する」云々《うんぬん》の条項があり、遺族は文句を言えませんでした。奉公から戻った姉さんたちも会社での災害を口外するのは厳禁とされていたので、彼女らに問いただすのも約束に反します。結局、工女の死はあえて黙殺するのが村の流儀になっていました。

しかし、こんなきつい会社でも、遺族に死亡通知を送ってよこす際には、見舞金と娘の引いた生糸一握りを形見がわりに添えることを忘れませんでした。この見舞金は一家族が一年間は楽に暮らしていけるほどの額だったので、「工女は死んで家を肥やす」という諺《ことわざ》が生まれたぐらいです。ですから、製糸工場勤めで若き生命を散らすのを厭《いと》わぬのが親孝行の証明《あかし》とみなされ、奉公に出るのを恐れるような娘は家の恥と笑われたのです。

そんな事情ですから、お初は、親に無理強いされなくても、自分から工場勤めを希望しました。奉公に出なければ、どうせ、きつい家の手伝いが待っているだけです。飢饉《ききん》にでもなれば、一家揃ってのたれ死にということにもなりかねません。一昔前までは、「口減らしなら女郎屋への身売り」と相場が決まっていましたが、今時は都市部ではすっかり風紀道徳が乱れてしまい、素人娘が小遣い稼ぎに平気で春を売るご時世です。女郎の相場などたかが知れているので、年頃になって恥を忍んで身売りしたとしても、ほんの一時しのぎにしかなりません。それに比べると、年季明けまで勤め上げて「皆勤手当」を手に村に戻ってきた「模範工女」の家は、田畑を買い増やしたりして暮らし向きが上向いています。お初も他の娘たちと同様に、「製糸工場勤めをすれば、腕と根性次第では良い暮らしも夢ではない」という可能性に一縷《いちる》の望みを託したのでした。

「模範工女」の姉さんたちは、これから工女になる娘たちに、仕事や宿舎暮らしの要領、旦那《だんな》さんや工場の監督さんたちに気に入られるための処世術などを親切に教えてくれました。娘たちを怖気《おじけ》づかせないようにとの親心からなのか、辛い話題に触れることはなく、かわりに、元気づけのために歌う女工唄《うた》を歌ってくれました。

太郎さも権太《ごんた》もよう聞けや

工女に比べりゃおめさんがたは
まだまだ半人前《はんにんめえ》の童子《わらすっこ》
おめらが寝小便こく晩に
おらたちゃ夜なべで糸を引く

父《とっ》つぁま母《かっ》つぁまよう聞いてござい
工女魂は親孝行《こうこう》の心
よくぞ工女に産んでくださった
このまま貧乏はさせませぬ
おらたち稼いで蔵建てる

なんとも野卑な歌詞に、お初たちは笑い転げました。辛い境遇は、笑い飛ばしでもしなければやりきれません。工女になるしか生きる道のない娘たちの精一杯の強がりと矜持《きょうじ》を歌いこんだ女工唄に、皆は大喜びでした。

村のお地蔵様お願《ねげ》えがござる
おらたち工女を守ってござい

御利益あったら甘酒しんじょ
おっ死《ち》んで甘酒あげれぬ時は
人《ひと》着《き》ぬ紬《つむぎ》で温《ぬく》もってもらう

三番目の歌詞は、ちょっぴりしんみりさせられる文句でした。

『人着ぬ紬』とは、工女が亡くなった時に会社から送られてくる生糸で織った紬のことです。製糸工場で娘を亡くした親たちは、見舞金で作った小さな石地蔵にこの紬を着せて、村のお寺の境内に安置するのを弔いの作法にしていました。形見の生糸はどれも普通の品とはまるで比べ物にならないほど細く、紬にすると雨上がりの空にかかった虹《にじ》のように瑞々《みずみず》しい光彩を放つ極上品ばかりでした。この紬は引っ張ったり擦《こす》り合わせたりすると、キュキュッと独特の絹鳴りがします。それが幼い娘の笑い声に似ていることから『おぼこ紬』という高級銘柄になっていましたが、産子村では石地蔵にしか着せない『人着ぬ紬』として懇ろに供養したのです。

これは、遺骨になっても故郷に帰れぬ工女にとって、唯一の心の拠《よ》り所でした。

「死んでも、おめさんらの心のこもった生糸が村さ帰《けえ》ってくるんだで。へこたれるなよ」

姉さんたちは、そう言ってにっこり笑いました。

お初は、皆と一緒に大きく頷《うなず》きました。

さて、工女たちの被傭契約が交わされてから一週間が過ぎ、皆が揃って工場へ向かう日がやってきました。春の遅い産子村の桜が満開になった、とても麗《うら》らかな日のことでした。

朝早くにお初が家族に伴われて工女たちの集合場所になっているお寺に出向くと、パリッとした着物に紺の股引《ももひき》、中折れ帽子といった出で立ちの福助さんが、銀煙管《ギセル》をふかしながら待っていました。境内に並んだ数十体のお地蔵様の前では、他の娘たちが真剣な顔でお祈りをしています。今年、奉公に上がるのは、お初を含めて四名でした。

お初は、皆に加わって、お地蔵様に手を合わせると、

――お地蔵様、行ってきますで、どうか、おらを守ってございい。

と深々と頭を下げました。

そんな娘たちをよそに、親たちは福助さんを取り囲んで、「ふつつか者《もん》ですが、娘をよろすくお願《ねげ》えします」と媚《こ》びるように頭を下げていました。お初は、以前、父親が、「下にまだ娘がある者は、できるだけ福助さんと仲良くしておいたほうが、契約の時に都合がええんだ」、と言っていたのを思い出しました。お地蔵様のご利益より

も、福助さんのほうが頼りになるというわけです。

福助さんに取り入ろうとするのは、親だけではありません。

「なあ、おっちゃん、製糸工場《キカヤ》奉公すると、毎日、うめえ飯《まま》を腹いっぺえ食えるって、本当け？」

好奇心旺盛《おうせい》なお初の妹たちが、福助さんの着物の袖《そで》を引っ張って無遠慮に訊《たず》ねました。

「ああ、そだよ」

福助さんは優雅に煙草の煙をくゆらせながら、にっこり微笑みました。福助さんは恰幅《かっぷく》が良いうえに立派な口髭《くちひげ》をたくわえているのでとても貫禄《かんろく》がありますが、福々しい顔は笑うととても優しそうでした。

「んだが、それだけじゃねえ。奉公さ行けば、もっとうめえもんがたらふく食えるぞ」

「えっ、もっとうめえもん？　なんだい、そりゃ？」

「ふふ、知りてえか？」

福助さんは、興味津々の妹たちを茶化すようにニヤニヤしながら、背負っていた風《ふ》呂《ろ》敷《しき》包みをほどきました。

「ほら、食え！」

福助さんが風呂敷包みから取り出したものを見て、妹たちは目を輝かせました。

「うわあ、でっけえボタ餅《もち》だ！」

差し出されたボタ餅に、我先にと飛びつきます。

「ひえー、餡《あん》こが甘《あめ》えよお」

「うん、うめえ、うめえ」

「おら、こったらうめえもん食うのは、初めてだあ」

普段から粟《あわ》や稗《ひえ》しか口にしたことのない妹たちは、口の周りを餡こ塗《まみ》れにして狂喜乱舞しました。

「ああ、おらも早く製糸工場奉公に行きてえなあ」

一番上の妹のお美津《みつ》がとろんと夢見るような目をすると、あとの二人もウンウンと相槌《あいづち》を打ちます。

「ああ、姉さんみてえに十二になって学校《がっこ》さ出たらな」

福助さんは満足そうに頷くと、

「ところで、おめさんら、歳はいくつだや？」

吸い終えた煙管を煙管入れにしまいながら訊《き》きました。

「おら、十一！」

お美津が勇んで答えます。

「おら、十！」

と二番目の富子《とみこ》。

「おら、九つ！」

末っ子のスエも負けていません。

「なぬ、もうそんな歳だか？」

福助さんはちょっと意外そうに首を傾げました。

「それにしちゃあ、皆、ずんぶ小《こ》ぇな。製糸工場勤めは身体が資本だから、奉公に出たければ、もっと肥《おが》らねばだめだぞ」

「あれ、おっちゃん、なに語ってんだ。姉ちゃんは、おらの歳にはもっと小ぇ痩《や》せイナゴ《ハッタギ》だったのっす。すぐに追い越してやっから、見てれってば」

きかん気の強いお美津がむきになって言い返すと、富子とスエも「そうだ、そうだ」と味方します。

「はは、そうかそうか、ええ心がけだな。その調子だ」

福助さんは目尻《めじり》を下げると、お初の契約金として手渡された札束をエビス顔で数えている両親のほうへ顎《あご》をしゃくりました。

「ほら、見てみろや。娘っ子が奉公に出ると、あんなに親孝行になるのっす。おめさんらも、姉《あね》さんを見習って、父ちゃん母ちゃんをうんと喜ばせてあげねばいけねぇよ」

妹たちが、「うんっ！」と元気よく応《こた》えます。

お初は胸の奥がくすぐったくなりました。いつも怒鳴られっぱなしだった親、面倒かけられっぱなしの妹たちが、ありがたそうにしているのを見ると、なんだか、自分がちょっぴり偉くなったような気がします。頼りにされているのがわかると、煩わしいだけだった家族が急に愛《いと》しくなり、別れが辛《つら》くなりそうでした。

涙ぐんだりしては恥ずかしいので、お初は、一緒に工場に向かう仲間のお喋《しゃべ》りに加わって気を紛らわすことにしました。

「あんれ、あんたら、今日は、やけにめかしこんで、えらくめんこいでないか。馬子《まご》にも衣装とは、このことだなっす」

他の娘たちは、皆、ずっと同級生だった気心の知れた仲良しばかりです。お初がからかうと、一同はキャッキャッと笑いだしました。

「えへへー、んだろ？　今朝、母ちゃんに頼んで、髪ば結い直してもらったのさ」

大柄でぽっちゃり顔のお咲《さき》が、炒《い》り豆をポリポリかじりながら、気取って束ね髪を撫《な》でました。のんびり屋で甘えっ子のくせに、食い気と色気は人一倍なのが滑稽《こっけい》です。

「あっ、お静《しず》は頬紅さしてる！　とうとう、あんたまで色気づいたのけ？」

お初にまじまじと覗《のぞ》きこまれて、恥ずかしがり屋のお静は、キャッと叫んで両手で顔を覆いました。冷やかされると、コマネズミのような身体がいっそう小さくなります。

「違う、違うてば。福助さんが、おめえは顔色悪いから、監督さんに睨《にら》まれんように、丈夫そうに見せとけって言ったんだあ」

消え入りそうな声。これ以上からかうと泣き出しかねません。

こんな時にいつも助け船を出すのは、友達思いのお清《きよ》です。

「ふふ、お初、あんたこそ、赤《あけ》え腰巻が覗いてるっちゃ。色気ムンムンだぞ」

「エッ?」

足元を指差され、お初が慌てて着物の裾《すそ》を確かめようとすると、

お清は涼しい顔でコロコロ笑いました。

「あはは、ひっかかった」

「あー、だましたな、こん畜生《つくしょう》め」

お初は赤くなってお清の胸を押しました。着物越しに伝わってきた柔らかな感触に、思わずハッとします。

――あやー、お清は、頭だけじゃなく、身体もおらより大人だなー。

お初は、つい、心の中でため息をつきました。

お清は、もともと大人びた雰囲気の娘でしたが、三年前に父親を亡くして母一人子

一人になってから、いっそう落ち着きが出てきました。気立てが良くてしっかり者なのに、それを鼻にかけない奥ゆかしさがあり、そうかと思えば、肝心な時にはきちんと自分の主張を通そうとする芯《しん》の強さもあります。そそっかしいやんちゃ娘と人から笑われてばかりいるお初とは、えらい違いでした。

容姿だってそうです。痩せでのっぽのお初より背はやや低いくらいですが、均整のとれた身体はすでに女らしい丸みを帯び始めていました。きりりと涼しげな顔には、時として、優しい憂いを帯びた女の色香さえ漂います。ドングリ眼《まなこ》をクリクリさせながら大口を開いて馬鹿笑いするお初など、お清と比べると、そこいらのハナタレ小僧と変わりありませんでした。

――お清は、もう、立派な姉さんだな。きっと、模範工女になって戻って来るに違《ちげ》えねえ。おらも、置いていかれねえように、せいぜい気張らなくては……。

お初が、憧憬《どうけい》の入り混じった眼差《まなざ》しで、お清の横顔を見つめた時です――、

「おーい、てえへんだ！」

村の消防団の兄《あに》さんが血相変えて駆けてきました。

「源太《げんた》さんとこの娘が、首さ括《くく》って死んだ！」

「なぬっ、お峰《みね》が！」

一同は目を剝《む》きました。

「いつ？」

「どこで？」

「なして？」

騒然としたどよめきの中、次々と質問の矢が飛びます。

「今朝早く、家の裏の柿の木にぶら下がっているのを、源太さんの女房が見つけた」

兄さんは、肩で息をしながら告げました。

死んだのは、ひと月ほど前に年季奉公を終えて村に帰ってきた模範工女のお峰姉さんでした。親孝行を絵に描いたような姉さんで、「戻るなり黙って皆勤手当を親に手渡し、そのまま野良仕事に出て行った」という話は有名です。親は、その皆勤手当で借金の抵当に入っていた田畑を買い戻し、また親子水入らずの暮らしができると楽しみにしていた矢先の出来事でした。

「なんと、気の毒に……」

「ナンマンダブ、ナンマンダブ……」

春の陽だまりの中、お寺の境内は沈鬱《ちんうつ》な空気に包まれました。

幼い頃にお峰姉さんにいろいろと面倒を見てもらったお初たちは、突然の訃報《ふほう》に、肩を寄せ合って嗚咽《おえつ》を洩《も》らしました。特に、一人っ子のお清は、実の姉のように慕っていたので、悲しみもひとしおなのでしょう。人目も憚《はばか》らずにオイオイ泣きじゃくる姿は、痛ましいほどでした。

模範工女が縊死《いし》したとあっては、工女手配人も心穏やかではいられないようです。

「んで、なして死んだか、わかってるのけ？」

福助さんは、恐い顔で兄さんに詰め寄りました。

兄さんが、首を横に振ります。

「いいや、それが、さっぱし……書き置きもねかったそうだ。奉公から戻ってからずっとふさぎこんでたっつうことだから、きっと、向こうで何かあったに違えねえ」

「うーむ、大方、行きずりの男と懇ろになったかして、胸を痛めてたんだな。近頃、里心がついて淋《さび》しがっている工女をたぶらかすスケこましが増えて、会社も手を焼いてるのっす。いくら目を光らせていても、男に孕《はら》まされて川に身投げする工女が、年に一人か二人はいる。困ったもんだ」

福助さんは大きなため息を洩らしました。

お峰姉さんが奉公に出たのは十七の時です。三年の奉公を終えて帰ってきた時には、すっかり妙齢の婦人になっていました。奉公先で浮いた話があったとしても、不思議ではありません。しかし、工女が色恋沙汰《ざた》で自殺するのは、はしたないとされ、いちばん軽蔑《けいべつ》されます。福助さんの言葉に、皆は、きまり悪そうに俯《うつむ》きました。

「お峰は立派な工女だったすけ、旦那《だんな》さんもたいそう気に入って、ええ嫁入り先を世話してやりてえ、と言っとらしたんだが……まんず、惜しいことをした」

福助さんはそう言って懇ろに手を合わせると、懐からぶ厚い財布を取り出し、手の切れそうな新札を数枚、兄さんの手に握らせました。

「おらは、これから、この新工《シンコ》らば送っていかねばならんすけ、葬式には出られねえ。すまんけんどが、この香典をお峰の霊前さ供えてやってござい」

福助さんは、高額の香典に目を丸くしている一同に恭しくお辞儀をすると、まだ涙に眩《く》れているお初たちに向き直り、

「んだば、皆、汽車の時間もあるすけ、そろそろ出かけるべし。お峰のことはさぞ辛かろうが、ここは、グッとこらえるんだぞ」

優しく声をかけました。

娘たちが着物の袖《そで》で涙を拭《ぬぐ》いながら頷《うなず》くのを見て、親たちも気を取り直したようでした。

お互いに顔を見合わせながら、

「そだ、こうしてはいらんねえ。おらたちも、早《はよ》う、源太とこさ、お悔やみに行かねば」

「んだ、んだ。そうすべえ」

娘たちとの別れの挨拶《あいさつ》もそこそこに、そそくさとお峰の家へ向かいます。メソメソ

しているうちに、お初は、つい、妹たちに声をかけそびれてしまいました。

——まあ、ええか……。あいつらも、追っかけ、製糸工場に奉公に来る。またすぐに会えるさ。

お初は、そう自分に言い聞かせると、住み慣れた貧しい村にソッと手を振りました。そして、未練を断ち切るように、そそくさと福助さんのあとに続きました——。

奉公先までの旅程は、山道を最寄りの駅まで三時間ほどかけて歩く以外は、いたって楽なものでした。『瓜生製糸会社』の工女集めの時期は春に限られているので、積雪を踏みしだきながらのきつい峠越えもありません。駅まで出れば、その先は二日がかりで汽車を二回乗り継ぎ、着いた先でまたちょっと歩くだけです。産子を発《た》った一行は、道筋の他の村々の工女と合流しながら、田舎道をぞろぞろ歩いていきました。駅に着いた時の総勢は十三名、汽車に乗るのは初めての者ばかりなので、皆、興奮してはしゃいでいます。やがて汽車が汽笛を鳴り響かせて走りだすと、客車の中はかしましいお喋《しゃべ》りの花盛りとなりました。

でも、お峰姉さんの件でいささか意気消沈しているお初たちは、せっかくの汽車旅を手放しで楽しむことはできませんでした。窓外を流れる明るい景色も、どこか空々しいだけ。お清など、ほとんど口をきかずに、ため息ばかりついています。それでも、事情を知った他村の娘たちが優しく慰めたりしてくれるので、四人は努めて明るく振る舞うようにしていました。

ところが――、

「なあ、知ってるか？　例の姉さんは、男に腹ふくらまされて死んだんだとよ」

後方の座席で聞こえよがしに吹聴する者がいます。産子の隣村の工女、お千代《ちよ》でした。

お千代は、眦《まなじり》の上がった引き締まった顔立ちが勝気で敏捷《びんしょう》そうな娘です。目先が利き要領も良い働き者ですが、我儘《わがまま》なうえにやたら見栄っ張りで、嫌いな者や妬《ねた》ましい相手を貶《おとし》めようとするさもしい根性をしています。お峰姉さんの恥になることをわざわざ言いふらすのも、皆から誉めそやされていた姉さんに嫉妬《しっと》してのことに違いありません。

お千代は揶揄《やゆ》するようにお初たちをチラチラ窺《うかが》いながら、

「いくら模範工女でも、死に恥さらしちゃ、つまんねえな」

蔑《さげす》んだように言い捨てました。

お咲とお静が気まずそうに俯きます。

「お千代め！」

お初はカッとなって座席から腰を浮かせました。

「お初、やめれ」

ずっと押し黙ったままだったお清が、おもむろに口を開きます。

「だって、お清……」

「いいから、知らんぷりしとけ。喧嘩《けんか》して敵《かな》う相手じゃねえ。短気は損気だぞ」

冷ややかに諭され、お初は歯噛《はが》みしました。

残念ながら、お清の言うとおりです。お千代は、勝気なだけあって、口先も腕っぷしも人一倍なので、張り合っても打ち負かされるのが落ちです。ここはグッと堪《こら》えるしかありませんでした。

お千代は、お初たちが挑発に乗りそうもないとみると、

「あーあ、辛気臭いのは、うんざりだあ。なあ、歌でも歌って景気つけるべよ」

皆を煽《あお》って女工唄《うた》を歌い始めました。

粋《いき》な若衆や許してござい
製糸《キカ》工場《ヤ》勤めに男は要らぬ
模範工女になるまでは
寝間に鍵《かぎ》かけ操を守り
枕を抱っこして我慢する

わざとらしい当て擦《こす》り……。おまけに、お千代はひどい音痴です。せっかく陽気な女工唄も台無し。耳障りなだけでした。

「畜生、悔しいな。破廉恥《はれんち》な男が姉さんにちょっかい出しさえしなけりゃ、こんなことにはなんねかったろうに……」

お初がため息をつくと、お咲が難しい顔をして、

「それなんだがな……」

ポツリと呟《つぶや》きました。

「あの賢いお峰姉さんが男とふしだらなことをしたってのは、本当なんだべか？　おらには、いまだに信じられねえんだが……」

「んだ、おらも、ずっとそれが気になってた」

お静も神妙な顔で相槌《あいづち》を打ちます。

お初はハッとしました。

言われてみれば、二人が訝《いぶか》るのももっともです。ずっと福助さんの言ったことを鵜《う》呑《の》みにしていましたが、姉さんの自殺の動機が男との色恋沙汰《ざた》だという確証はないのです。覚えている限りでは、姉さんは軽率なことを嫌う思慮深い女性でした。いくら妙齢だったとは言え、浮《うわ》ついた話とはずいぶん縁遠かったような気がします。

しかし、別の動機はとなると、さっぱり見当がつきません。自殺と言って他に思いつくのは、せいぜい生活苦による一家心中ぐらいですが、模範工女の姉さんに金銭的な心配はなかったはずです。異性関係のもつれでも生活苦でもないとなると、他に思い当たることはありませんでした。

「うーん、おらには良くわかんねえ。お清はどう思う？」

お初は肩を竦《すく》めると、手元を見つめたまま口を噤《つぐ》んでいるお清に水を向けました。

「さあ、おらもわかんねども……」

お清が物憂げに小首を傾げ、

「実は、ちょっと気になることがあるんだ……」

躊躇《ためら》うように言い淀《よど》みます。

「気になること？」

「んだ……」

お初に促され、お清はぎこちなく頷《うなず》きました。

「あれは、一週間前のことさ。昼頃に寺の近くを通ったら、お峰姉さんが一人で地蔵様の前に立ってたんだ。おら、声をかけようとしたんだども、顔さ見た途端、口がきけなくなっちまってな……」

あまり思い出したくないことなのでしょう、不快そうに顔を歪《ゆが》め、

「姉さんったら、魂ばどっかに置き忘れてきたようなドロンとした目で地蔵様を見てた。顔が白っ茶けて、まるで死人みてえでよ……おら、見てはいけねえものを見ちまったような気がして、そのまま逃げ帰ってきたんだ」

搾り出すように言葉を継ぎます。

お初は眉《まゆ》をひそめました。

話からすると、お清が目撃した時、姉さんにはすでに自殺の兆しがあったわけです。わからないのは、なぜお地蔵様を見ていたかということですが、ひょっとすると、そこに自殺の動機が隠されているのかもしれません。

「で、それからどうなった？ あんた、姉さんに理由《わけ》を訊《き》いたのかい？」

お初が話を促すと、お清は頭を振り、

「……いや、怖くて、何《なん》も訊けなかった。訊いたら何か悪いことが起こりそうな気がして……おら、意気地なしだな……」

無念そうに唇を嚙《か》みました。目に涙が滲《にじ》んでいます。真相を確かめぬまま姉さんを死なせてしまったのを悔やんでいるに違いありません。心中は察して余りあるほどでした。

さすがに見かねたらしく、引っ込み思案のお静がお清の手をギュッと握り、

「なあ、皆、お峰姉さんの話は、もう止めるべよ。いくら考えたって、姉さんは生き

返りゃしねえ。おらたちがクョクョしたって始まらねえって」

いつになく殊勝なことを言いました。

「んだんだ、悩んでも、腹へるだけだし」

と、お咲。

二人のおかげで、場がころりと和みます。

お初は救われた気分でお清の肩に手を置きました。

「なあ、お清、こいつらの言うとおりだぞ。元気ださねば、いけねえよ。肝心のあんたがしっかりしてくんねば、こっちまで心細くなっちまう」

お清がこくりと頷き、

「あんたら、ありがとな。おかげで元気が出たっちゃ。もう、みっともねえ真似はしねえから、安心してくんろ」

笑顔を見せます。

「そうこなくっちゃ！」

「うん、それでこそお清だ！」

お静とお咲に手を取られて、お清は照れくさそうに肩を竦めました。

久々の笑い声。ようやく皆が和気藹々《わきあいあい》となって、お初は胸がスッとしました。スッキリついでに、意地悪なお千代を見返してやりたい気分です。

お初は、後ろのほうで調子っぱずれな歌声を張り上げているお千代に一瞥《いちべつ》をくれると、

「なあ、皆、おらたちも、歌っこさ歌うべ。あったら音痴に音頭取らせておくこたねえ。自慢の喉《のど》を披露してやっぺよ」

悪戯《いたずら》っぽく笑ってみせました。

「賛成！」

皆、手を叩《たた》いて歓声をあげます。

四人は声を揃えて女工唄を歌い始めました。

とても晴々した歌声でした——。

二

「……何《なん》もねえ所《とこ》だな」

誰かがポツリと呟いたその一言が、すべてを物語っています。

丸二日がかりの長旅の末にお初たちを待っていたのは、あまりにも殺風景な蚕喜村の佇《たたず》まいでした。

最寄りの駅からおよそ四里《約十六キロ》、小高い丘の尾根筋に挟まれた薄暗い谷地《やち》に、いじけた

ような雑木林と手入れの悪い耕地がみすぼらしく広がり、藁葺《わらぶ》きの民家が十戸ばかり纏《まと》まりなく散在しています。村の脇には魚来川《おごろ》という暗く濁った大きな川が流れ、どんよりした川面《かわも》から薄《うっす》ら溝臭《どぶ》い臭いが漂っていました。唯一、目を引くものと言えば、村の中ほどの川岸に建てられた製糸工場だけ。赤いレンガ造りの建物からニョッキリ伸びた煤《すす》けた煙突が、やけに居丈高です。工場脇の川面には、製糸動力用の水車が二基、ガッタンギッタンとうら寂しい音を立てていました。

——うへー、こりゃ、えらく辛気臭い所だぞ。おらたちの村より貧しいんでねべか？

模範工女の姉さんたちから「淋《さび》しい所だ」と聞かされてはいたものの、実際に目の当たりにすると、その意味が良くわかります。お初は皆と一緒にため息を洩《も》らしました。

福助さんが耳聡《みみざと》くそのため息を聞きつけ、

「なあ、おめさんらに、ええことを教《おせ》えてやろう」

思わせ振りにニヤリと笑いました。

「この辺りは、ほんの二十年ほど前《めえ》までは、ただの荒れ野だったのっす。見てのとおり、日当たりは悪い、水はけは悪いときたうえに、地面に油が浮いて、ろくなものが実らねえ。誰も、こんな所に飯の種が転がってるとは思わなかったのさ」

福助さんは話術が巧みなので、つい、話に引きこまれてしまいます。皆は、川沿いの道を歩きながらフンフンと耳を傾けました。

「んだが、世の中、まったく何が起こるかわかんねえ。ここの製糸会社の旦那《だんな》さんは、その当時、果口之国のとある港町で、異人さん相手に書画骨董《こっとう》を商ってらしたんだが、ある日、ちょっとした酔狂から、行きずりの若い乞食《こじき》を家に泊めたんだ。この若者は、果口之国の山野に入りこんでは珍しい動物や虫を探し歩く変わり者でな、頭がふたつある蛇の木乃伊《ミイラ》だの茸《たけ》を生やした蟬だの、奇態な物をいっぺえ持ってた。中でも旦那さんがいちばん驚いたのが、虹色《にじいろ》した山繭蛾《やままゆが》の真綿さ。商いで目が肥えてるから、これは高値で売れると考え、若者に山繭蛾を見つけた所へ案内させた。それが、この谷地だったってわけだ。わざわざ出向いてきた甲斐《かい》あって、山繭蛾はすぐに見つかった。ところが——」

福助さんは、ちょっと話の間を置くと、わざとしかつめらしい顔をしてみせました。

「事は、そう簡単には運ばねかった。この山繭蛾は、家蚕《かさん》と違って飼うのがえれえ難しい代物でな、他所《よそ》へ持ってくと、すぐに弱って死んじまうのさ。まあ、普通なら、ここで諦《あきら》めるのが落ちなんだろうが、旦那さんは違った。周りの者が止めるのも聞かずに、あっさり商売をたたむと、若者とここに住み着き、山繭蛾を飼い増やしていったんだ。なんだかんだで苦節二十年、やっと高級生糸の生産が軌道にのり、会社は大繁盛。乞食の若者も、今では、会社の養蚕部の監督として皆を仕切るほどになったのっす」

たいした立身出世物語に皆が感心して唸《うな》るのを見て、福助さんは満足そうに微笑みながら、

「要するに、人は辛抱が肝心ってことだ。だから、おめさんらも、あんまし浮かねえ顔してねえで、しっかり気張ってござい。大金ば手にして故郷《くに》へ帰《けえ》るも、ここに骨を埋《うず》めるも、心がけ次第なんだよ」

噛んで含めるように諭しました。

お初は一気に身が引き締まる思いがしましたが、どうやら、それは皆も同じようです。工場に近づくにつれて、一同はだんだん神妙な顔つきになっていきました。

工場は魚来川を背にして建っており、周りは高い板塀に囲まれていました。正門には鉄格子状の門扉が閉じられているので、まるで監獄のような雰囲気です。一同が門前に立つと、門柱脇の門番小屋から、痩せて陰気そうな爺《じい》さんが現われ、皆をジロリとひと睨《にら》みしました。

「新工《シンコ》ば連れてきた」

勝手知った仲なのでしょう、福助さんがぶっきら棒に告げると、爺さんは黙って扉を開けました。何とも愛想のない出迎えに、お初たちは、福助さんのあとに寄り添う

ようにして、そそくさと門をくぐりました。

「へえー、外からじゃわかんねかったけど、こうして見ると、案外、でけぇ工場だな」

お咲が構内を見渡しながら意外そうに呟《つぶや》きます。

お初も、いささか面食らって頷《うなず》きました。

敷地の広さは、ざっと千坪近くはあります。正門を入ってすぐが広い前庭になっており、真正面にレンガ造りの工場、その右手に木造の倉庫らしき建物が一棟と、従業員の宿舎らしき二階建ての建物が一棟、並んで建っていました。左手は、敷地の一部が、板塀で工場の施設と仕切られ、その中にも建物がふたつ見えます。どうやら、手前の瀟洒《しょうしゃ》な平屋が旦那さんのお屋敷で、その奥にある大きな土蔵のような建物は養蚕小屋のようでした。どの建物も少し古ぼけていますが、中庭も建物の周りも掃除が行き届いていて小ぎれいです。塀の外と比べると、まるで別天地でした。

福助さんは前庭をまっすぐに突っ切って、皆を工場の建物に率いていきました。取っつきが事務所になっており、白い襟つきシャツに吊《つ》りバンドズボン姿の事務員さんたちが四人、机に向かって黙々と仕事をしています。お初たちがキョロキョロと物珍しそうにしながら入っていくと、一人だけ着流しの和服姿の男の人が、いちばん奥の机から立ち上がって、悠然と皆のほうへ歩いてきました。歳の頃は四十半ば、長身瘦《そう》軀《く》で抜けるような色白です。

「皆、遠路はるばる、よう来てくれた。わしは、この会社の社長の瓜生一成《ふりいくかずなり》じゃ」

耳慣れない西国訛《なま》り。低いけれども丸みのある柔らかな声。額にかかる前髪を無造作に掻《か》きあげながらにっこり微笑んだ表情が、女性のように優しげです。

――なんとまあ、この優男《やさおとこ》が旦那さんけ？

福助さんの話から立志伝中の豪傑のような人物を想像していたお初は、呆気《あっけ》にとられてしまいました。

驚いているのは、お初だけではありません。皆、「へえ」とか「はあ」とか囁《ささや》きながら、顔を見合わせています。

「こりゃ、おめさんら、何をボサッとしてる。早く挨拶《あいさつ》しねえか」

福助さんに一喝されて、皆は、

「よろすく、お願《ねげ》えします！」

慌ててお辞儀をしました。

「ふふ、元気な女子《おなご》たちじゃ」

旦那さんが慈しむように皆の顔を眺め、

「長旅でさぞ疲れたろう？　すぐにくつろがせてやりたいんじゃが、宿舎に案内する前に済ませにゃいけん手続きがあるので、もう少しだけ辛抱しておくれ」

すまなそうに言います。

親にだってこんな優しい言葉をかけてもらったことはありません。お初は、つい、顔がほころびました。他の皆も、照れてはにかんだ笑みを浮かべています。

場の空気が和んだところで、旦那さんは、

「さて、早速、娘さんらの受け渡しを始めよう。誰か、工場長と養蚕部長を呼んできてくれんか」

おもむろに事務員の一人を使いに走らせ、

「さあ、皆、ついておいで」

お初たちを手招きして別室へ連れて行きました。

塵《ちり》ひとつない、やけに清潔な部屋。入ってすぐの壁際に木製の長椅子が二脚並べてあり、正面の窓際には、白い布張りの衝立《ついたて》に仕切られて、事務机と小さな寝台が覗《のぞ》いています。室内に漂う薬臭い臭い……。旦那さんに勧められて長椅子に腰をおろしたものの、お初はどうも居心地が悪くて仕方ありませんでした。

お千代も部屋に漂う臭いが苦手とみえ、

「福助さん、この変な臭いは何なのかの？　おら、鼻が曲がりそうだ」

手で鼻を覆いながら訊《たず》ねます。

「ああ、これは、消毒薬の臭いだ。この工場じゃ、お蚕さんが蚕病《さんびょう》に罹《かか》らないように、あちこちにこの薬を撒《ま》いているのっす。一丁前の工女になるには、早くこの臭いに慣れねばいけねえよ」

福助さんは背中の風呂敷《ふろしき》包みをほどきながら答えました。

「えー、本当け？　たまんねえな」

お千代が悲鳴をあげるのを尻目《しりめ》に、福助さんは、風呂敷包みから書類の束と帳面を一冊取り出し、窓際の机で待っている旦那さんに差し出しました。旦那さんが、受け取った書類を捲《めく》ったり指差したりしながら、小声で仕事の話を始めます。「ペケ糸」だの「歩留まり」、「養蚕紙」だのと、お初にはわからない言葉ばかり……。気軽にお喋《しゃべ》りできるような雰囲気でもなく、皆も手持ち無沙汰《ぶさた》そうです。ぼんやりしているうちに旅の疲れが出たのか、誰からともなく生欠伸《なまあくび》が洩《も》れ始めました。

お初にもそれが伝染《うつ》って、大口を開けかけた時です――、
不意に戸が開いて、二人の男の人が部屋に入ってきました。

――ヒェッ！

二人を見て、お初は、出かかった欠伸が一気に引っこんでしまいました。

なんと、一人は相撲取りのような体格の大入道です。歳は五十がらみ。真っ黒に陽焼けして、剃《そ》りあげた頭まで黒光りしています。着物の袖《そで》から突き出た丸太のような腕……。ギョロリとした双眸《そうぼう》は、睨まれたら小便をチビってしまいそうなほど怖ろし

げでした。

大入道とは対照的に、もう一人は、頬のこけた青白い顔の小男でした。鼠茶色《ねずちゃ》の作務衣《さむえ》姿。歳は三十後半ぐらいですが、お初とそう違わないほどの背丈しかありません。猫背気味に顔を前に突き出し、金壺眼《かなつぼまなこ》を神経質そうにショボショボさせている姿が、猿そっくりでした。

お初たちが圧倒されて仰《の》け反っていると、旦那《だんな》さんが、

「さて、皆、この二人が、これからお前たちの面倒を見てくれる監督さんじゃ」

改まった口調で告げました。

そして、まず、大入道を指し、

「これが糸繰り作業の監督の婦繰《ふぐり》工場長」

次に小男を指し、

「もう一人は、お蚕さんの飼い方の指導をしてくれる養蚕部長の蛾治助《がじすけ》さんじゃ」

と、手短に説明すると、

「細かいことは追々《おいおい》教えてくれるから、ちゃんと言いつけを守って、可愛がってもらうように」

念を押すように、皆の顔を見渡しました。

一同が「はい」と頷くと、婦繰さんが、

「声が小さい。もっとハキハキと返事をせんかい」

ジロリとひと睨《にら》み。

「は、はい、すみません！」

皆は思わず竦《すく》みあがりました。

初《しょ》っ端《ぱな》からこの調子では、先が思いやられます。いざ仕事になったら、どんなきつい折檻《せっかん》が待っているやも知れません。

――うー、どうか面倒なことに巻きこまれませんように！

お初が心の中で手を合わせていると、

「あのう、娘さんらや……」

横から申しわけ無さそうな声がしました。見ると、蛾治助さんが恥ずかしそうにモジモジしています。

「大事な話があるので、ちょっと聞いておくれ」

皆の視線が注がれると、蛾治助さんは頬を赤くして、

「皆も知ってのとおり、絹糸《きぬいと》はお蚕さんの繭から引いた生糸《きいと》から作るんじゃが、この会社では、他所《よそ》から買い入れる普通の繭だけではのうて、『おぼこ糸』という高級品用に、自家産の山繭蛾の繭を使っておるんじゃ。だから、部署も糸繰り工場と養蚕部に分かれている」

訥々《とつとつ》と話し始めました。よほど人見知りが激しいのか、伏し目がちのまま、皆と目を合わせようとしません。オドオドした挙動を見ているうちに、お初は、ふと、あることに思い当たりました。

——あっ、そうか、きっと、この人が福助さんの話に出てきた乞食に違《ちげ》えねえぞ。部長などという偉い肩書きになっても、若い時に染みついた性癖が抜けないのでしょう。変人っぽいのも頷《うなず》けます。でも、ここまで出世したからには、養蚕の腕は確かなはず。お初は、興味津々で蛾治助さんの話に耳を傾けました。

「ここで、お前さんらに、肝に銘じておいてもらいたいのは、この山繭蛾は、育てるのがとても骨の折れる奴らだということなんよ。悪い黴菌《ばいきん》にやられるとイチコロなので、飼う場所も世話をする者も、えっと清潔でなけりゃいけん。ひどい病持ちには、この仕事は任せられんのじゃ。できれば、健康で、まだ月の物で穢《けが》れていない娘さんらが世話するのが、いちばんええ」

乙女にはいささか気恥ずかしい言葉が飛び出し、皆の間にバッ悪そうな咳《せき》払いが起こりました。この会社に養蚕部があることは故郷に戻ってきた姉さんたちに聞かされて知っていましたが、仕事の内容までは教えてもらっていません。女性の生理が山繭蛾を育てるのに悪影響を及ぼすとは意外です。お初はまだ初潮を迎えていませんでしたが、何だか後ろめたいような気がしました。ひょっとしてと思い、そっとお清の顔を窺《うかが》うと、案の定、硬い表情で俯《うつむ》いています。どうやら、大人びているのは、うわべだけではないようでした。

「そういう理由《わけ》で、うちの会社では、新工さんらがやってきたら、まず健康診断をして、慎重に持ち場を決めることにしとる。今日は、これから、わしがお前さんらを診るので、聞き分け良《よ》う指示に従っておくれ」

健康診断と聞いて、今度は、ざわめきが起こりました。お初は健康には自信があったので、検診を受けるのは別に気になりません。でも、身体の弱そうな娘たちは、かなり当惑気味です。お静など、血色の悪い顔をいっそう曇らせて、見ていて気の毒なほどでした。

「さて、早速、始めるので、呼ばれた順に、そこの衝立《ついたて》の向こうへ来るように」

皆の気持ちなど、どこ吹く風。蛾治助さんは、皆にそう言い置いて、さっさと窓際へ行くと、衝立の位置を変えたり、机の抽斗《ひきだし》の中から色々な道具を出したりし始めました。その脇で、旦那さんと福助さんが、帳面と皆の顔を交互に見比べています。どうやら、工女の名簿に載っている名前と本人を照らし合わせているようでした。婦繰さんは、戸口にデンと立ちはだかって、皆に目を配っています。ちょっとでも文句を言おうものなら、平手か拳骨《げんこつ》が飛んできそう……。いまさら、愚図っても始まらないと、お初は開き直ったような気分でした。

——でも、ちょっと待てよ……健康診断ってのはお医者様の仕事でねか？　蛾治助さんみてえに頼り無さそうな人に、おらたちを診れるんだろうか？

お初が、ふと、心の中で首を傾げた時です——、
福助さんが、帳面から顔を上げ、

「そんでは、まず……お初、おめさんからだ」

おいでおいでと手招きしました。

——あちゃー、いちばん初めとは、幸先良《さいさき》いんだか悪いんだか……。

皆の好奇の視線を浴び、お初は苦笑いしました。でも、どうせ気乗りしないことなら、早めに済ませてしまったほうがさっぱりするような気もします。

「エヘヘ、では、お先に失礼《すんづれい》」

お初は、及び腰になりそうな気持ちを愛嬌《あいきょう》でごまかし、衝立の裏に回りました。

「ほう、こりゃまた、ずいぶんと背の高い娘さんじゃ」

お初をひと目見るなり、蛾治助さんが感心して唸《うな》り、

「どれ、診てみよう。そこの診察台にお掛け」

お初を机の脇の寝台に腰掛けさせます。

蛾治助さんは、まず、お初の日頃の体調について簡単な問診を行ってから、お初の目の前で両手を振ってみたり、耳元で指を鳴らしたりして動作の反応をみました。次

に、両手でお初の左右の下瞼《まぶた》を裏返して、中をさっと一瞥《いちべつ》。さらに、口を開かせ、木ベラを使って舌を押さえこみ、厳しい目で喉《のど》の奥を覗《のぞ》きこみます。そして、喉から木ベラを引き抜くと、

「うむ、問題無しじゃ」

満足そうに微笑みました。

お初は、蛾治助さんのあまりの手際の良さに、きょとんとしました。仕事に集中する鋭い目つきといい、流れるような無駄のない動作といい、とても素人のものとは思えません。さすが、部長さんと呼ばれる人だけあって、何でもこなしてしまうのだなと、お初は感心することしきりでした。

何はともあれ、これでひと安心。

「どうも、ありがとさんでした」

お初は、診察台から立ち上がると、丁寧にお辞儀しました。

ところが――、

「いや、まだ済んじゃおらんよ」

蛾治助さんが頭を振り、

「肝心なのは、これからじゃ。身体全体を診るので、身に着けているものをすべて脱いでおくれ」

事も無げに命じます。

――えっ？

お初は、耳を疑いました。

「あのう……本当に、ぜんぶ脱がねばいけねんですか？」

聞き間違いではないかとオズオズと訊《たず》ねます。

蛾治助さんは、しらっとした顔で頷きました。

「そうだよ。でないと、ちゃんと診ることができんのでね。着物だけじゃのうて、腰巻も足袋《たび》もぜんぶ外すんだ」

言葉遣いは丁寧ですが、有無を言わせぬ口調。

お初は、絶句しました。

ふと気づくと、旦那《だんな》さんや福助さんまでが、咎《とが》めるような目でこちらを見ています。何をグズグズしているんだ、我儘《わがまま》は許さないよ――暗にそう言っているようでした。

息苦しい沈黙――。

こうなっては、致し方ありません……。

お初は、震える手で着物の帯を解きました。衣擦《きぬず》れの音がひどく意地悪く聞こえ、つい、ベソをかきそうになります。着衣をすべて取り去った時、お初は、まだたいしてふくらんでもいない胸を両腕で抱き、身を硬くしました。

蛾治助さんが、表情ひとつ変えずに、

「うむ、それでええ。簡単な検査だから、すぐに済む。気を楽にしててておくれ」

無慈悲にお初の腕をどけて、胸を露《あら》わにさせます。そして、杯を長くしたような筒状の器具をお初の胸や背中に押しあてて、注意深く聴診をしました。それが済むと、今度は、お初を診察台に仰《あお》向けにさせます。大きな拡大鏡を使って身体の隅々まで隈《くま》なく観察しながら、念入りに触診していきます。お初は、鼻や耳の穴、手足の指の間、果ては陰部、肛門《こうもん》に至るまですべてを見られ、撫《な》でられ、摘《つま》まれて、顔から火が出るような思いでした。両手で顔を覆い奥歯を食いしばって、何とか恥ずかしさに耐えようとするのですが、時間がとてつもなく長く感じられ、気が遠くなりそうです。

やがて、蛾治助さんは、拡大鏡を机の上に置くと、クンクンと犬のように鼻を鳴らしながら、お初の身体の匂いを嗅《か》ぎ始めました。もう、堪《たま》ったものではありません。蛾治助さんの鼻先が首筋、腋《わき》の下と移動するたびに、お初は呻《うめ》きながら身を捩《よじ》りました。そのうち、とうとう、両脚を蛙のように広げられます。蛾治助さんの頭が股《また》の間に割って入ってきたかと思うと、性器に鼻先を寄せて、スーッと思い切り嗅ぎあげます。

「嫌《や》っ……！」

お初は、思わず、小さな悲鳴を洩《も》らしました。

でも、蛾治助さんは、容赦しません。閉じかけたお初の両脚をしっかり押さえながら、さらに二度、三度と繰り返し嗅ぎ続けます。まるで、お初の身体の奥の奥まで嗅ぎ尽くさんばかりでした。

もう、限界です。とうとう、嗚咽《おえつ》が噴き出ました。胸の内に今まで味わったことのない無残な敗北感が広がり、急に身体の力が抜けていきます。今度こそ、本当に意識が遠のきかけた、その時です――、

蛾治助さんが、

「よしっ――」

フーッと大きく息を吐きながら、唐突に、お初の身体から離れました。

あまりに突然すぎて、すぐには、何が起こったのか理解できません。お初は、グッタリとしたまま、しばらくその場に横たわっていました。

ややあって、頭の上で、

「もう、ええよ。起きなさい」

労《いたわ》るような声がしました。

薄《うつす》ら目を開けると、蛾治助さんが満足そうな表情でお初を見下ろしていました。

「これで、ぜんぶ済んだ。着物を着なさい」

鼻先に滲《にじ》んだ汗を拭《ぬぐ》いながら、薄らと笑みを浮かべます。

お初は、言われるままに、ノロノロと身体を起こしました。まだ、頭がボーッとして身体に力が入りません。何だか、おかしな白昼夢から醒《さ》めた気分……。現実感が、まるで希薄でした。ぼんやりと手元に視線を落として、ハッと我に返ります。胸も恥ずかしい箇所も剝《む》きだしのまま！　お初は、診察台の端に置いてあった着物を引き寄せると、慌てて前を隠しました。

「どれ、手伝ってあげよう」

蛾治助さんが、気を利かして、着物を着るのを手伝ってくれます。恥ずかしい目に遭わされた相手に優しくされるのはかえって惨めで、むしろ放っておいてもらいたいぐらいでしたが、拒む気力も起こらず、お初は為《な》すがままにされました。

それを見ながら、旦那さんが、

「蛾治助さん、口明けそうそう、たいそう嬉《うれ》しそうじゃないか。どうやら、その娘《こ》はかなりスジがええようじゃの」

にこにこしながら訊《き》きます。

「へえ、まだ少し瘦《や》せすぎですが、身体の中はしっかりして丈夫です。厄介な皮膚の病も持っとりませんし、肌の張り艶《つや》もええ」

蛾治助さんは、弾んだ声で答えました。

「陰《ほと》の匂いの熟《う》れ具合からして、月の物が始まるのは、まだかなり先のこと。養蚕場にも長《ナガ》しゅう置いとけますので、きっと、ええ仕事をしてくれます」

きっぱりした口調。

お初は、せっかく楽になりかけていた頭の芯《しん》が、また、ズンと重くなりました。

なんと、蛾治助さんがお初の体臭を嗅いだのは、女性としての成熟度を調べるための「嗅診《きゅうしん》」だったのです。思いもよらない蛾治助さんの技能、えげつない検診方法……。コソ泥に大切な物を奪い去られたようなやるせなさに、お初は胸の中が寒くなりました。

もうひとつ悔しいのは、蛾治助さんがお初を評する、その言い方でした。検診の仕方と同じで、人の気持ちなどお構いなしです。人を物扱いするような、血の通わぬ言葉の羅列……。誉められたと言うよりも、まるで値踏みされたとしか感じられませんでした。

お初の心の傷《いた》みに塩を擦りこむように、福助さんが揉《も》み手しながら、謙《へりくだ》った口調で訊きました。

「――で、蛾治助さん、お初の等級は、どんなとこすか?」

どうやら、工女の良し悪しは、繭のように等級で格づけされるようです。手配人としての評判は、質の良い工女をどれだけ集められるかによって左右されるので、福助さんとしても判定が気になるようでした。

「へえ、甲種の一等です」

蛾治助さんの判定に、福助さんが相好《そうごう》を崩します。

旦那さんも、満足そうに頷《うなず》きながら、

「結構、結構、これからも、こんな娘さんをたくさん探してきてください。嘆かわしいことに、近頃は、若いだけで中身が端《はした》みたいな紛《まが》い物を摑《つか》ませようとする、けしからん手配人が多くなった。福助さんは、うちとは長いつきあいだから、頼りにしてますよ」

意味ありげにニヤリとしました。

「フフ、承知しとります。任せといてくだせえ」

福助さんが、口髭《くちひげ》を撫でながら、恰幅《かっぷく》の良い体軀《たいく》を愉快そうに揺すります。これまで見たことのない卑しい目つき……。

お初は、福助さんの本性を垣間《かいま》見たような気がして、急に、そら恐ろしくなりました。なるたけ目を合わさないように脇を通り過ぎると、足早に皆の所へ戻ります。よほどひどい顔をしていたのでしょう。一同が、目を丸くして息を吞《の》みました。好奇と同情の入り混じった視線に曝《さら》され、顔が熱くなります。

お初は、またもや、涙がこぼれました——。

狐につままれたような顔――。

三

蛾治助さんに宿舎の中を見せられた時の一同の表情は、まさしくそんなでありました。

隅々まで磨き上げた、清潔で居心地の良さそうな部屋や施設。便利で使い勝手の良さそうな家具、調度。お初たちのように貧乏な家庭に育った娘なら誰でも大喜びしそうな居住空間――新工たちの寝泊まりする宿舎は、それほど立派だったのです。

宿舎は工場と板塀で仕切られた敷地の中に建っていました。白壁塗りの二階建て建物で、中ほどから半分が養蚕場になっています。外見はありきたりの土蔵ですが、正面の大きな開き戸をくぐると、中はちょっとした宿屋のような風情でした。

一階は広い板の間で、一番奥は賄い場でした。賄い場の収納棚には食器や鍋釜《なべかま》がギッシリと並び、貯蔵庫には大量の食材が山積みになっています。賄い場に向かって左手が浴場と洗濯場で、大きな檜《ひのき》の浴槽から消毒薬の臭いが漂っていました。脱衣場の前の長い廊下の突き当たりには、養蚕場に通じる出入り口が設けてあります。これは、工女が浴場で蚕病予防の沐浴《もくよく》をしてから、直接、養蚕の作業に行くためのもので、養蚕場の表の入り口は、主に機材や出来上がった繭の搬入に使用されるのだとのことでした。

浴場の入り口脇の階段から二階に上がると、上がりきって左手が五十畳ほどの畳の大広間、右手は洗面所や厠《かわや》、物乾し場の並んだ広い廊下になっていました。大広間は工女たちの寝室兼居間で、部屋の左右の壁に一列ずつと、中央に背中合わせに二列、高さ三尺《約九十センチ》、幅二尺《約六十センチ》、長さ五間半《約十メートル》ほどの棚が並んでいます。棚には半間《約九十センチ》おきぐらいに工女の名札が貼ってあり、そこが銘々の私物置き場になっていました。棚の下の空間は押し入れ代わり。寝具が一式ずつ置いてあり、それを引っ張り出して敷けば、すぐそこが寝間になるという仕組みでした。

部屋の手前と奥には障子窓が相対して並んでおり、手前の窓からは旦那《だんな》さんのお屋敷が、奥の窓からは工場裏を流れる魚来川の流れと川向こうに広がる荒れ野が見渡せました。外の景色はたいそうなものではありませんが、部屋は広々と開放的で日当たりも悪くありません。表替えしたての畳が、春の午後の陽射しを浴びて芳しく香っていました。

新工の宿舎が立派なのは姉さんたちや福助さんから聞かされてはいましたが、これは想像以上です。お初は、健康診断でへこんだ気持ちがアッと言う間に明るくなりました。皆も、目を輝かせながら、感嘆のため息を洩《も》らしています。お静など、健康診断でよほど嫌な思いをしたらしく、宿舎を見るまでは、「おら、こんな所《とこ》、三日ともたねえ」とぼやいていたのに、その舌の根も乾かぬうちに、「やっぱり、ずっと、ここに住みてえ」と言い出す始末。物のわかったお清でさえ、テカテカの畳を撫《な》でながら、幼児のようにニコニコしていました。

蛾治助さんが、皆の嬉《うれ》しそうな顔を見て、

「ふふ、ここが気に入ったようだな」

はにかんだ笑みを浮かべます。

——この養蚕部長さんは、思ったより優しい人なんだな……。

お初は、蛾治助さんの顔を見ながら、ついさっき、新工の受け渡しが済んだ時のことを思い出しました。

お初たちの受け渡しをすますと、旦那さんと婦繰さんは各々の持ち場に戻り、福助さんに至っては、皆に一言の挨拶《あいさつ》もせずにさっさと帰ってしまいました。お初たちは何だか打ち捨てられたような心細さに襲われたのですが、新工の世話役だという蛾治助さんが、健康診断の時とは打って変わった柔らかな物腰で接してくれたので、何だか救われた気持ちになったのです。

「ええかね、これからは、ここが、お前さんがたの家だ。持ち場が糸繰り場になると、糸繰りさん専用の宿舎に移ってもらうことになるが、新工はたいがいここに残ってお蚕さんの世話をする。寝起きを共にする者同士、揉《も》め事を起こさないで、仲良く暮らすように」

蛾治助さんがニッコリ微笑むのを見て、お初は、この男《ひと》を人非人のように思った自分が恥ずかしくなりました。

少し落ち着いて考えてみると、健康診断は、単なるお定まりの手続きにすぎません。お初だけが嫌な思いをしたのではなく、仲間も皆、同じ検診を受けたのです。きちんとした仕事をするために必要なことなら、我慢して然《しか》るべきのこと。蛾治助さんは、自分の職務を全うしただけです。

思いは同じなのでしょう。仲間たちも、もう、すっかり、蛾治助さんに心を許しているようです。皆で、金魚の糞《ふん》のようについて回っては、黄色い声であれこれ質問攻め。恥ずかしがり屋の蛾治助さんは、応対にてんてこまいです。

「しかし、たまげたなあ……こったら広《ひれ》え所に、おらたちだけで寝起きするんですか？」

お千代が訊《たず》ねると、蛾治助さんは、

「いやいや、まだ、あとから大勢やって来る。今年の新工の数は全部で五十人だから、二、三日中にはここも賑《にぎ》やかになるよ。ほれ、棚に各々の名前が書いてあるだろ。そこが各自の寝床だ。荷物はきちんと棚に置いて、散らかしたりしないようにするんだよ。ここじゃ清潔第一だから、着物や所持品は、蚤《のみ》や虱《しらみ》が湧かないように定期的に検査することになっている。わかったね？」

懇切丁寧に教えてくれました。

もっと仲間が増えると聞いて、皆は大喜び。心細い奉公も大人数なら心強くなります。皆で仲良く助け合っていけば、ここの暮らしもまんざら捨てたものではなさそうでした。

お初たちは、蛾治助さんに言われたとおり、自分の名札を見つけて、提げてきた風《ふ》呂《ろ》敷《しき》包みの中身を棚に並べました。「自分専用の場所」などというものを与えられると、もう早、いっぱしの工女になったような気分です。お初たちの寝床の位置は同じ村の工女同士で固まっているので、心細さもありません。寝床は、部屋の手前側で、障子窓のすぐ脇。手前からお清、お初、お静、お咲の順でした。

「あー、お咲の隣なんて、嫌《や》んたなー」

お静が配置に不満そうに顔をしかめます。

「あん？　なしてよ？」

と、お咲。

「だって、あんた、寝相が悪そうなんだもん。夜中におっつぶされたりしたら、かなわねえ」

お静が真顔で答えたので、お咲はプーッとふくれっ面。

お初とお清が、笑い転げていると、

「ネエネエ、お千代ちゃん、あたいはどこにお寝んねすんの？」

ちょっと奥まった場所で、なんとも間抜けた声がしました。

振り返ると、図体《ずうたい》のやたら大きいヌボーッとした娘が、甘えるようにお千代の袖《そで》を引っ張っています。焦点の定まらぬ虚《うつ》ろなドングリ眼《まなこ》。しまりのない口元。ひと目見て、オツムの回転が悪いとわかる風貌《ふうぼう》——。お千代と同郷の、おトラちゃんという娘です。

「まあ、そう慌てんな。あんたの場所はここだ。今、きれいにしてやっから、ちょっと待ってろ」

お千代が、おトラちゃんの荷物を棚に並べてやりながら答えます。

「ええか、おトラ、あんたの名札に、こうして二重丸を書いといてやったからな。これで迷わねえぞ。自分の持ち物は、こっちから順繰りにこうして並べれば、散らからねえ。どうだ、わかったか？」

「はーい」

どうやら、お千代は、字の読めないおトラちゃんの面倒を見てやっているようです。はねっかえりとは思えぬ、穏やかで優しい口調。赤子をあやすような要領には、手馴《てな》れたものがありました。

お初が呆気《あっけ》にとられて見ていると、

「何だ？　見世物《もん》じゃねえぞ！」

怒声とともにひと睨《にら》み！

「そうだ、そうだ、見世物じゃねえぞー」

おトラちゃんも一緒になって、お初をなじります。

――チェッ、なんでぇ。

お初は、心の中で、二人にアッカンベーをしました。でも、お千代も見かけによらず良い奴です。

――あれで、もうちっと性格が良ければなあ。

お初は、お千代とは当たらず触らずでいこうと、心の中で呟《つぶや》きました。

「さあて、荷解きが終わったら、ひとっ風呂浴びてくるとええ。もう少しすると、賄いの者が来て夕飯の仕度を始めるので、下が混み合うでな」

蛾治助さんが階下を指して、一同を促します。

「前にも言ったが、養蚕部で働く者は、清潔第一じゃ。垢《あか》まみれ汗まみれは、いただけん。ここでは、朝昼晩三回、必ず風呂に入ってもらうことになっている。蚕病予防の消毒薬と身体に良い生薬の入った薬湯なので、臭いに慣れるまでは、少々、時間がかかるかもしれんが、きちんと隅々まで擦《こす》って、きれいにしておいで」

風呂と聞いて、ほとんどの者は大喜び。お咲など、早速、いそいそと準備をしています。でも、お初は、湯中《あた》りしやすいせいもあって、風呂は苦手。皆に袖を引かれて、渋々、階下に下りました。

風呂場に一番乗りは、お咲でした。脱衣場に着物を脱ぎ散らかしたまま、

「わーい、一番風呂だあ！」

誰よりも先に湯船に飛びこみます。

「ああ、いい湯だなあ」

薬臭いのを気にする様子もなく、幸せそうなため息。

「うー、薬臭《くせ》え。嫌《や》んたー」

お初が文句を言うと、

「あんた、こったら贅沢《ぜいたく》させてもらって、ブツブツ言うもんでねえ。これだから、お転婆は駄目だっつうの。年頃になったら、磨く所はちゃんと磨かなくちゃいけねえぞ」

お初より数倍はふくよかな胸を誇示しながら、科《しな》を作ってみせました。

「うるせい、余計なお世話だい」

お初がツンとそっぽを向くと、お静が、二人の身体をしげしげと見つめて、

「ええなあ、あんたら……」

ポツリと呟きます。いささか浮かない顔。

「ええって、何がよ？」

お初が首を捻《ひね》ると、お静は、

「だって、あんたらは、おらみたいなチンチクリンじゃねえもん。こっちは好きでこったら身体に生まれてきたわけでもねえのに、チビだ、ガリだ、血は薄そうだって、言われ放題だもんな……」

悔しそうに、手拭《てぬぐ》いでゴシゴシと顔を擦りました。

お静の愚痴につられて、お清もため息をつきます。

――そうか、二人とも健康診断のことを気にしてるんだな……。

お初は、皆に後ろめたい気がしました。

蛾治助さんの下した健康診断の判定は、

お初　甲種一等
お咲　甲種二等
お静　甲種三等
お清　乙種一等

となっています。

小柄なお静の成績が悪いのは仕方ないとしても、痩《や》せっぽちの自分が、お咲やお清よりも良い判定を受けたのは意外でした。いったい何を基準にした格づけなのか知りませんが、これだけ判定がバラバラだと、皆が同じ持ち場になるとは限りません。

「あーあ、背丈や目方の量り売りじゃ、おらに勝ち目はねえ。手先の仕事なら自信があっけど、このぶんじゃカスの仕事しかもらえそうもねえな」

お静がぼやくと、お咲が、ゆったりと湯船に身体を伸ばしながら、

「そったらこと、今から案じても始まんねえよ。ほら、あれを見てみろや」

洗い場のほうを目で指します。

女力士のような体格のおトラちゃんが、お千代に背中を流してもらっていました。

「あいつも、お初と同じ特等の格づけだぞ。痩せハッタギと関取が同じ番づけなんだ。目方だけで工女の値打ちが量れるわけなかんべ。まだ、適性検査が残ってるさ」

お咲は皮肉たっぷり。

「んだよ、お静。お咲の言うとおりだよ」

お初も、思わず相槌《あいづち》を打ちました。

おトラちゃんは図体はでかいけれど、いかにもウドの大木といった感じです。エヘ

エへとだらしなく笑っている姿からは、とても良い仕事ができるとは思えませんでした。

ちなみに、お千代は乙種一等で、お清と同じ成績。お清もお千代も大柄ではありませんが、引き締まって健康そうな身体をしています。なぜ二人が乙種なのかと、お初が心の中で首を傾げていると、

「そう言や、適性検査ってのは、どんなことを調べんのかな……？」

お清が不安そうな顔で、ポツリと呟きました。

「お清は、そったらこと心配《しんぺぇ》しなくても大丈夫だよ。あんたみてえなしっかり者《もん》を、会社が粗末にするわけがなかんべ」

と、お静。

「そんだ、そんだ、心配ねえ。あんたがカスなら、おらはカスカスだ」

お咲も頷《うなず》きます。

「んだども、おら、なんだか、あんたらと離れ離れになりそうな気がしてな……そうなったら、淋《さび》しいっちゃ」

やはり、お清も、持ち場に関して、自分と同じことを心配していたのです。

お初は、いささか不安になりました。しっかり者のお清ですが、故郷を発《た》って以来、どうも運気が悪いような気がしてなりません。

「お清、それは仕方ねえよ。会社にも都合っつうもんがある。でも、もしも別々の持ち場になっても、どうせ同じ敷地ん中だで、毎日、顔ぐらい見れるって。なんかあっても、おらたちは、いつまでも仲間同士だ。友達を見捨てたりなんかするもんか」

お初は、嫌な予感を振り払いたくて、思わず語調を強めました。気休めだとわかっていましたが、そんな月並みな言葉しか思いつきません。

でも、お清は、えらい喜びよう。お初の肩を指先でツンと突いて、

「あんた、嬉《うれ》しいこと言ってくれるでねえか。今の台詞《せりふ》、忘れねえよ。辛《つれ》えことがあったら、思い出して、心の頼りにでもするっちゃ」

にっこり笑います。

思わず口をついて出た安請け合いでしたが、こんなに喜んでもらえるとは思ってもみませんでした。

「うん、任せときなって！」

お初が、つい調子に乗って大見得を切った時です——、
勢いよくザブンと湯船に飛びこむ者がありました。他人の迷惑も顧みない、行儀の悪さ。誰かと思えば、おトラちゃんです。

「ウヒョヒョー、熱《あつ》ちー《ちっ》！」

バシャバシャはしゃいで、まるで子供の水遊び。お初たちが白い目で見ていると、

あとから湯船に入ってきたお千代が、ジロリと無言で睨《にら》みます。

お咲がシラッとして、

「なあ、皆、背中の流しっこでもしようぜ」

皆を促したので、お初たちはお咲に続いて浴槽から出ました。

「やれやれ、あの木偶坊《でくのぼう》、これからいろいろ面倒起こしそうだな」

お静がお咲に耳打ちすると、

「ああ、関わりあいになるなよ。とろくさい奴が失敗やらかすと、そばにいる者《もん》がとばっちり食うだけだ。できるだけ知らんぷりしとけ」

お咲が声をひそめます。

気の毒ですが、お咲の言うとおりだと、お初は心の中で頷きました。悪気は無くても、頭の中が空っぽでは、仕事についていくのも儘《まま》ならないでしょう。そのうち作業が始まったら、しょっちゅうドジを踏んで折檻《せっかん》を受けるに違いありません。そのたびに尻拭《しりぬぐ》いをしていたのでは、世話を焼くほうが参ってしまいます。お千代の親切は見上げたものですが、いつまで続くやらと他人事《ひとごと》ながら心配になりました。

「んだが、あのはねっかえりは、おトラに、どうしてあんなに親切なのかな？」

お静が身体を擦りながら首を傾げます。

お初とお咲が肩を竦《すく》めると、お清が櫛《くし》で洗い髪を梳《す》きながら、

「おらが聞いた話じゃ、お千代にも、三年ほど前《めえ》までは、おトラみてえな妹がいたんだとさ。それが、風邪をこじらせておっ死《ち》んじまったんだと」

それとなく告げます。

「妹がいなくなって一人っ子になっちまってからは、よく他所《よそ》の子の子守りしてたってこった。子供たちは、えらい慕ってたってよ」

含みのある優しい口調。

お初は、なんだか気恥ずかしくなって口を噤《つぐ》みました。お咲とお静も、何も言わずに手元を見つめています。

風呂場《ふろば》の格子窓から射しこむ夕陽が、お初たちの顔を赤く染めました。


風呂を使い終わって賄い場の横に出ると、会社が近所の農家から雇い入れた賄いのオバさん四人が、すでに、夕飯の仕度に来ていました。

「初《はん》めまして。よろすくお願《ねげ》えします」

お初たちがお辞儀をすると、チラリとこちらを見て、小さく頷き返します。忙しいせいなのか根が無愛想なのか、口を開こうともしません。あまりの素っ気なさに気後れして、お初たちは、ソッと顔を見合わせました。

でも、竈《かまど》の上の鍋釜《なべかま》からは、たまらなく良い匂いが立ち昇っています。白米の炊ける匂い、香ばしい焼き魚の匂い……あとは、貧乏育ちのお初には何やら見当もつきません。お咲の腹がグゥッと牛蛙《うしがえる》の鳴き声のように鳴り、皆も思わず喉《のど》をゴクリ。あまり行儀の悪いところを見せてはと、一同は、そそくさと部屋に戻りました。

一同が座敷に戻ってくつろいでいると、じきに、蛾治助さんが、夕飯の準備が調ったと知らせにきました。皆が、パッと目を輝かせます。階下に下りると、板の間に用意された大きな食卓に、大小さまざまの皿、小鉢が所狭しと並べてありました。茶碗《ちゃわん》にてんこ盛りの飯、脂がジュウジュウの魚の開き、具だくさんの味噌汁《みそしる》……なんと卵焼きまで！

――すげえ！

お初は目を瞬《しばた》かせました。

皆も唖然《あぜん》としています。

「ふえー、今日は、なんかおめでたい日なのかい？」

お咲が涎《よだれ》を垂らしながら呟《つぶや》くと、蛾治助さんは、

「いや、そうではないよ。育ち盛りの新工さんたちにひもじい思いをさせると、良い仕事をしてもらえんのでな、飯だけはたんと食わせるのが、うちの流儀じゃ。好き嫌いを言って、わしらを困らせんでおくれよ」

ニッコリ笑いました。

「はーい！」

蛾治助さんは大きな返事に満足そうに微笑むと、

「さて、食事を始める前に、ちょっと、これをごらん」

食卓の上の小皿のひとつを指差しました。

皿には、ウグイス色をした丸い豆粒のような物がのっています。

——なんだ、この山羊糞《やぎくそ》みてえなのは？

お初は首を傾げました。

「それは正娘丸《せいじょうがん》という、わしが調合した丸薬で、女子《おなご》の月の物が始まらないようにする効能がある。ここのお蚕さんは、いったん穢《けが》れてしまった女子の身体に触れられると、厄介な蚕病になりやすいのでな、お前さんがたがここで働いている間は、この丸薬で、それを抑えてもらう。服用は、食前に一回一錠、日に三錠じゃ。効き目が表われ始めるのにしばらくかかるので、毎回、欠かさずに飲むこと。これを怠ると、月の物が始まって、養蚕部におれなくなることがあるので、気をつけてな」

日に三度の入浴と丸薬の服用とは、何とも念の入ったこと。ここまで徹底的に工女たちの身体の管理をしてくれているのだと思うと安心です。

「さあ、わかったら、薬を飲んでおくれ」

蛾治助さんの号令に、皆は、いっせいに薬を口に放りこみました。

と、

「あっ！」

「あっ！」

「あ、甘《あめ》え！」

一同から歓声が起こります。

「ふふ、どうじゃ？　本当は苦い薬じゃが、黄粉《きなこ》と砂糖を混ぜこんであるので、平気じゃろうが？　良薬、口に甘しじゃ。じゃが、あまり長く口に含んでいると、苦味が溶け出してくるから、用心せいよ」

蛾治助さんは、したり顔。

砂糖など滅多に口にしたことのない皆は、粋《いき》な計らいにニコニコでした。お初は、薬を口に入れた時に、微《かす》かに舌先に痺《しび》れを感じましたが、それも一瞬のこと。口中に広がる甘みにトロンとなりました。

「さあ、夕飯を始めておくれ。遠慮しないで、たんとおあがり」

蛾治助さんが言い終わるか終わらぬうちに、皆は、

「いただきまーす！」

いっせいに箸《はし》をとりました。

夢中で、料理を頰張ります。

お喋《しゃべ》りする者は一人もいません。

忙《せわ》しなく箸を動かす音。

ガツガツペチャペチャペチャという咀嚼《そしゃく》音。

そして、うっとりしたため息だけが聞こえていました――。

四

蛾治助さんの言ったとおり、お初たちが製糸工場《キカヤ》入りした三日後に、新工《シンコ》たちが勢揃いしました。

諸国じゅう至る所から集まってきた娘たちの数は、総勢五十八名。がらんとしていた宿舎は、たちまち大入り満員。若い娘たちの熱気と体臭と嬌声《きょうせい》で埋め尽くされてしまいました。

まだ作業が始まっていないのに急に忙しくなったような気がして、お初は、さっぱり落ち着きませんでしたが、三食、昼寝、オヤツつきの生活は相変わらず。新工たちは、宿舎のある敷地から出ることは禁止なので、お喋りの時間もあり余るほどです。故郷は異なっても、皆、似たような境遇の者たちばかりだったので、すぐに打ち解けて会話もはずみました。

嬉《うれ》しかったのは、これだけの人数が揃うと、奉公勤めへの心細さも半減し、心に大きなゆとりが生まれたことです。それまでは、これからの日々に対する想像だけが一人歩きしてしまい、つい、暗く悲観的なことを考えてしまうことがあったのですが、大勢でワイワイガヤガヤやっていると、いつの間にか時間を忘れ、気がついたら、もう寝る時間です。大所帯の全員が皆同じ苦労をするのかと思えば、相身互いで気も楽でした。

皆が揃って一週間もすると、騒然としていた宿舎の雰囲気も、落ち着きを取り戻しました。見知らぬ同士はいったんゴッチャに交ざりあってから、新たな仲良し同士が集まり、嫌いな者たちは牽制《けんせい》しあいながら距離を置くようになりました。お初の仲間の中では、まず、お咲が、おませでお洒落《しゃれ》好きの娘たちと親しくなり、色恋談義に花を咲かせだしました。お静は、比較的おとなしい友達同士の輪に加わり、綾取《あやと》りだのカルタ、双六《すごろく》などの遊びに興じて楽しそうです。お初とお清は、万遍なく誰とでもつきあいましたが、お清は蛾治助さんが用意した婦人雑誌や推理小説、詩集などに読み耽《ふけ》ることが多くなり、暇を持て余したお初は、お転婆どもとトンボ返りや逆立ちなどの技比べをして、蛾治助さんに呆《あき》れられてしまいました。

「お前さんらの身体は、会社の大事な宝、財産なんだよ。無茶して怪我なんかしたら、大事《おおごと》だ。以後、慎むように」

お初は、やむなく、喉《のど》自慢大会なるものを考え出して、皆と喉を競い合いましたが、これが馬鹿受けして、一気に人気者になってしまいました。

お千代は、相変わらず突っ張って威張り散らしていましたが、さすがに全員を牛耳ることはできず、他の突っ張りたちと牽制しあいながら、何とか自分の領分を守っていました。馬鹿げた諍《いさか》いに巻きこまれては迷惑千万。利口な者は皆、傍観を決めこんで、成り行きを見守っていました。

新工部屋に最初の騒動が持ち上がったのは、皆が勢揃いしてから三週間ほどしてからです。窓辺から望む緑が萌《も》える、とても暖かな早朝のことでした。

「キェー！」

お初は、甲高い悲鳴に、びっくりして飛び起きました。

「あやや一、何だ、何だ？」

寝ぼけ眼《まなこ》をこすりながら辺りを見回すと、
他の新工たちも、不思議そうにキョロキョロしています。

ややあって、

「おえー！」

「あわわわー！」

しかも、悲鳴の発生源は、お初の寝床のすぐ近く。なんと、お咲の寝床の周りでした。

再び色とりどりの悲鳴が、立て続けに起こりました。

「ひーこら！」

何事かと目を凝らし、

「うっ！」

お初は、顔が引きつりました。

お初のふたつ隣で、お咲が大口を開《あ》いて鼾《いびき》をかいています。問題なのは、お咲の頭の下の枕でした。「枕が変わると眠れねえ」と、お咲が故郷から抱えてきた特大の枕。その枕の上いっぱいに、芥子《けし》粒のようなものが蠢《うごめ》いています。いえ、枕の上だけではありません。よく見ると、その粒々はお咲の頭にも、びっしりと！

「うわーっ！」

お初は、その場から飛び退くと、

「お咲、起きれー！」

大鼾をかいているお咲を怒鳴りつけました。

「ん？ 何だ、もう朝飯かあ？」

お咲が布団の上にむっくり起き上がり、ボリボリと頭を掻《か》きます。

お咲の隣で、お静が、

「馬鹿ー！　のんびり、頭、掻いてんでねえ。そこらじゅうに、虱《しらみ》を撒《ま》き散らすつもりけ！」

泣き出しそうな顔で仰《の》け反りました。

「えっ？　シラミ？」

お咲が、自分の枕を見て、

「ヒーッ！」

目を剝《む》きます。

お咲は布団から飛び起きると、

「だ、誰かー！　なんとかしてけろー！」

周りの仲間に泣いて縋《すが》ろうとしました。

皆が蜘蛛《くも》の子を散らしたように逃げ去ります。まだ事情を呑《の》みこんでいない者までが、つられて右往左往！

「うえーん、待ってー。逃げんでけろー」

お咲が苦し紛れに走り回りだしたため、追いかけっこが始まり、新工部屋は上を下への大騒ぎとなってしまいました。

「な、なんだ、何事じゃ？」

騒ぎを聞きつけて、蛾治助さんが新工部屋に駆けこんできます。

お清が飛んで行って理由《わけ》を説明すると、蛾治助さんは青くなって、

「何？　虱じゃと？　新工の所持品で蚤《のみ》や虱の湧きそうなものは、すべて煮沸、燻蒸《くんじょう》したはずなのに、いったいどうしたことじゃ！」

お咲に理由を問いただしました。

凄《すご》く恐い顔！

お咲は竦《すく》みあがって、

「えーん、ごめんなさーい！」

ベソをかきながら真相を白状しました。

件《くだん》の枕はお咲の大のお気に入りなのですが、慣れ親しんだ感触や匂いが変わるのが嫌で、幼少の頃に使い始めてから一度も洗ったり虫干ししたりしたことがなかったのです。私物検査の時も、煮沸や燻蒸をされないように、こっそり隠しておいたとのこと。どこからか知らずに貰《もら》ってきた虱の卵が、折からの馬鹿陽気でいっせいに孵《かえ》ってしまったに違いありませんでした。

事情を知って、蛾治助さんは大怒り。

「まったく、お前という娘《こ》は、何ということをしでかしてくれたんじゃ！　虱たかりの汚い身体になってしまったら、皆、養蚕部屋で働けなくなってしまうんだぞ！」

凄《すさ》まじい剣幕で眦《まなじり》を吊《つ》り上げたので、お咲だけでなく新工全員が縮み上がってしまったほどです。

「ううむ、これだけ大量に虱を撒き散らしてしまったんでは、ちょっとやそっとのことじゃ始末に負えんな」

蛾治助さんが厳しい顔で、全員をキッと見据え、

「こうなったら、手立てはひとつ。部屋から何から一切合財を消毒するしかない。着物や寝具は煮沸、燻蒸するから、皆は身に着けている物をすべて外して、風呂場《ふろば》へ行きなさい」

ピリピリした口調で命じました。モタモタしていると雷が落ちそうな雰囲気。皆、慌ててスッポンポンになって浴場に走ります。

蛾治助さんは、殺虫効果のあるという薬草の粉末を大量に浴槽にぶちまけながら、

「大事な新工の身体を、虱ごときに荒らされてなるものか！　さあ、皆、早く髪を解いて、湯に浸《つ》かれ！　虱が死に絶えるように、念入りに頭を洗うんじゃ！」

キビキビと皆に指示を与えました。

皆が我先にと浴槽に飛びこみます。殺虫剤に浸けられた虱が髪の中でもがき苦しみだしたため、

「いーっ、頭がムズムズする！」

「嫌《や》んたー、気持ち悪《わり》いよー！」

新工たちはその感触に身悶《みもだ》えしました。

その様子を尻目《しりめ》に、蛾治助さんが、

「ええか、皆、わしは、賄いのオバンらに部屋の消毒を頼んでくるから、お前さんらは、そのまましばらく湯に浸かっておれ」

そう言いつけて踵《きびす》を返します。

「うー、朝っぱらから、とんだ災難だ！」

蛾治助さんがいなくなった途端、お千代が悪態をつきました。

つられて、他の者もブゥブゥ言い始めます。

「これっつうのも、全部、お咲のせいだぞ！」

「馬鹿たれ！」

「虱ったかり！」

皆から非難囂々《ごうごう》で、お咲は、

「えーん、勘弁してけろー！」

身も世もなく泣きじゃくりました。

やがて、新工たちの身体についた虱が完全に死に絶えた頃、新工部屋の殺虫処理に走り回っていた蛾治助さんが浴場に戻ってきて、

「ふー、ひとまず落ち着いたようじゃの。お前さんらの着物や寝具は、今、煮沸、燻蒸しているところじゃし、部屋も消毒中じゃ。終わるまでまだ当分かかるので、お前さんらは、そのまま外に出るように」

宿舎の前の中庭を指しました。

「えっ？　素っ裸のまま表に出るのっすか？」

一同が、きまり悪そうな顔をします。いくら寝食を共にしている仲間同士でも、裸で外をウロウロするなんて、さすがに恥ずかし過ぎます。

でも、蛾治助さんはニコリともせずに、

「ああ、そうじゃよ。日光浴は身体にええからのう。これから、表に筵《むしろ》を敷いて、そこで身体を虫干ししてもらう」

もう、皆、びっくり仰天！

「でも、蛾治助さん、せめて、腰巻の一枚《めえ》ぐれぇは……」

お清が頬を染めながら口ごもると、ほかの皆もオズオズと頷《うなず》きました。

蛾治助さんが、不愉快そうに舌打ちし、

「ええい、こんな時に、なに寝言を言っとる。お前さんらは、まだ、さっぱりわかっとらんようじゃの。まるで話にならん！」

大きなため息を洩《も》らします。

「いいかい、よくお聞き。虫干しというのは、身体の隅々まで万遍なくお日様に当ててこそ、殺虫、殺菌の効き目があるんじゃ。虱に食われた箇所からバイ菌でも入って肌が荒れたりしてみろ、それこそ一大事じゃ。前にも言ったとおり、お前さんがたの身体は、この会社の貴重な財産。それを肝に銘じて、しっかりと自己管理ができにゃ、一人前の工女にはなれんぞ。わかったら、つべこべ言っとらんで、さっさと表に出なさい！」

蛾治助さんはキツィ口調で一気にまくし立てました。にべもありません。一同は言いつけに従ってシブシブと中庭に出ました。

庭にはすでに一面に筵が敷き詰めてあります。蛾治助さんは、その筵を指差し、

「さあ、早くそこに寝転んで、しっかり陽に当たるのじゃ。今日のようなポカポカした天気は、絶好の虫干し日和。まったく、不幸中の幸いじゃわい」

皆を急《せ》き立てました。

——やれやれ、朝っぱらから、とんだことになっちまったな。

お初は、筵に寝転んだ仲間たちを見渡しながら、ため息をつきました。五十人以上もの裸体が筵の上に並ぶと、いささか異様です。パッと一瞥《いちべつ》しただけでは、人に見えません。まるで、収穫された野菜か何かが転がっているみたいで、滑稽《こっけい》ですらありました。

蛾治助さんは、まだ御立腹のようで、厳しい顔で中庭を見回っています。時々、新工たちを仰向《あおむ》けにしたりうつ伏せにしたりして点検しながら、

「ほらほら、脇を閉じちゃ駄目だ！」

とか、

「もっと脚を拡げなければ、股間《こかん》が蒸れる！」

とか、細かい指示を出します。

皆は手放しで寛《くつろ》ぐこともできずに、いささかジリジリし始めました。

「うー、ジッとしてるにゃ、ちょっと暑すぎるな」

お初が呟《つぶや》くと、隣で、お咲が顔の汗を拭《ふ》きふき、

「うん、干し大根じゃあんめえし、せっかくの色白が台無しになっちまう」

ブツブツ文句を言います。それを聞いて、虱騒動の一番の被害者のお静が、忌々《いまいま》しそうに、

「あん？　おめえって奴は、まるで反省してねえな？　おらたちがこったら目に遭ってるのは、いってえ誰のせいだ？」

お咲の尻を爪先《つまさき》で小突きました。

「おっ、何するだ。何も、悪気があってやったわけでねえのに、蹴飛《けと》ばすことねかんべよ。お静の意地悪！」

お咲がプーッと頬をふくらませてやり返したので、お静も負けじと応酬。しまいには、とうとう、ど突きあい、抓《つね》りあい！

「二人とも、よしなよ！」

お初とお清が止めようとしても、どちらも意地になって聞きません。途方に暮れていると、すぐに蛾治助さんがやってきて、

「これっ、何しとる！　いい加減にせんか！」

鋭く一喝しました。

「だって……」

お静とお咲が口ごもると、蛾治助さんは、冷ややかに二人を睨《にら》みつけ、

「クーッ、お前さんらときたら、今さっき注意されたばかりなのに、なんというザマじゃ。喧嘩《けんか》して怪我させあうなんぞ、もっての外《ほか》！　工女の風上にも置けんわい！　そんな娘らに用はないから、さっさと荷物をまとめて故郷《くに》にお帰り！」

工女にとって一番辛《つら》いことを言い渡します。

二人は真っ青になってしまいました。

「お願《ねげ》えです、蛾治助さん。それだけは、勘弁してくだせえ。追《お》っ返されたりしたら、村の笑い物《もん》っす。家にも入れてもらえねっす」

お静が慌てて土下座して、平謝りに謝ります。その横でお咲も、

「すんません！　すんません！　心を入れ替えますで、どうか許してくだせえ」

ベソをかきながら頭を下げ続けました。

それまで成り行きをおもしろそうに窺《うかが》っていた者たちも、気まずそうに俯《うつむ》いています。

――うー、面倒なことになったぞ。

思いがけない事態に、お初はオロオロしました。どうしたものか考えあぐねて、自分まで涙が落ちそうになったその時です――。

塀の向こう側の工場の前庭に、ガタガタブォンブォンとけたたましい音が聞こえてきて止まりました。

――おや、あの音は？

お初は小首を傾げました。確か、この会社へやってくる途中の町なかで見た、「自動車」とかいう乗り物の発する音です。いったい何事かと訝《いぶか》っていると、塀の引き戸が開き、旦那《だんな》さんが二人の男の人を伴って、お屋敷の敷地に入ってきました。若い男の人と、もう一人は、なんと異人さん！

お初は、じかに異人さんを見るのは初めてでしたし、その人の顔の半分は見事な口《くち》髭顎鬚《ひげあごひげ》に覆われていたので、年齢の見当はつきません。高級そうな白の三つ揃いに身を包んだ大男。赤い巻き毛に青い目、天狗《てんぐ》のような高い鼻、赤ら顔。あまりにも怪異な容貌《ようぼう》に、お初は、身震いしました。

一方の若い男の人は、歳の頃は十七、八。白シャツにズボン、学帽の出《い》で立ちから察するに、どうやら学生さんです。細面で華奢《きゃしゃ》な身体つき。透けるように色白で、細い顎の線が頼りなげです。上品そうな物腰ですが、いささかひ弱で覇気に欠ける印象がしました。

二人は、虫干しの光景に目を丸くしています。見知らぬ男の人にスッポンポンの姿を曝《さら》して、新工たちは大慌て！　でも、たった今、蛾治助さんの雷が落ちたばかりなので、その場から逃げだすこともできずに、

「ひー、恥ずかしいよー」

「うー、お嫁さ行けねくなっちまうー」

筵の上で身を硬くしたまま、恥ずかしいのをジッと我慢するしかありません。もう、踏んだり蹴ったりでした。

「おーい、蛾治助さん」

旦那さんが、お屋敷と新工宿舎の境の植え込み越しに、蛾治助さんを手招きしました。蛾治助さんが飛んで行って、ボソボソと話しだします。旦那さんは、新工たちを見ながら渋い顔。きっと、虱《しらみ》騒動のことを聞いて、鼻白んでいるに違いありませんでした。

二人の男の人は、旦那さんの横に並んでこちらを見ていましたが、虫干しに対する反応はまったく対照的でした。

異人さんは興味津々らしく、旦那さんに何か話しかけては、嬉《うれ》しそうに笑ったり思案げに小首を傾げたりします。ウキウキしながら植え込みから身を乗り出し、遠慮のない視線を注ぐので、堪《たま》ったものではありません。自由の身なら、思いっきり怒鳴りつけてやるところでした。

それに比べて、若い男の人は、ずっと控えめです。あえて目を逸《そ》らそうともしないかわりに、無遠慮にジロジロ見るような真似もしません。表情ひとつ変えずにやけに淡々としていて、謎めいてさえいます。でも、不躾《ぶしつけ》でないぶん、見られると余計に恥ずかしいもので、この男《ひと》の視線が流れてくるたびに、お初は顔がヵッヵッと火照りました。

やがて、旦那さんは二人を伴って、お屋敷に入っていきました。同時に、皆の間からドッと安堵《あんど》のため息が洩《も》れます。ふと気づくと、皆、緊張で全身汗だくでした。

「うー、こっ恥《ぱ》ずかしかったよー」

お咲が、消え入りそうな声で呻《うめ》きながら、両手で顔を覆います。いつになくしおらしいので理由《わけ》を訊《き》くと、

「あの学生さんの流し目に射殺されっかと思った……」

と、ハーッとため息をつきます。

いつもは、お咲のおませっぷりを笑うお初も、まんざら他人事《ひとごと》でなく、

──うーん、射殺されるっつうほどではねかったけんど……。

妙な気分になったのは、確かでした。

──いってえ、あの男《ひと》は誰なんだろ？　それに、あの異人さんは……？

お初が小首を傾げた時です、

「よーし、それじゃあ、ここで一旦《いったん》、休憩といこう」

蛾治助さんが皆に号令をかけました。見計らったように、賄いのオバさんたちが、冷たい麦茶とお茶請けを運んできます。

「わーい！」

日干しになりかけていた皆は大喜び。スッポンポンの恥ずかしさも忘れて、我先にと麦茶の茶碗《ちゃわん》に飛びつきます。麦茶で喉《のど》を潤し一息つくと、一同の間に、ようやく和やかな空気が戻ってきました。

蛾治助さんも、旦那さんと話しているうちに癇癪《かんしゃく》が治まったらしく、

「ふふ、どうじゃ、生き返った心地じゃろう？　まあ、今日一日、辛抱すりゃ、すべて落ち着くじゃろうから、もうちっと我慢せい」

いくらか鷹揚《おうよう》さを取り戻したようです。

お静とお咲のことも、

「以後、充分に気をつけること」

と、寛大なお沙汰《さた》。

「おめえら、良かったな」

お初が、大喜びで二人の肩を叩《たた》くと、

「う、うん、あんがとよ……」

お静とお咲は、口をへの字にして、目をウルウルさせました。

結局、その日は、お日様が傾きかけた頃になって無事に虫干しが終了し、夕飯までには、皆、消毒済みの清潔な衣服を身に纏《まと》うことができました。

一同が食卓につくと、蛾治助さんが咳《せき》払いして、

「いいか、皆、くどいようだが、今日のような不始末は、二度と起こさないように気をつけておくれ。それと、虫干しの際に、皆の健康状態を点検していて気づいたんじゃが、まだまだ体格の向上が足らん者がたくさんおる。三食出された物を残さず食べ、正娘丸《せいじようがん》を飲むことを忘れんように。身体の衛生状態は、表だけでなく中も大切だということを忘れんように」

今日の騒動でさすがに懲りたのか、一同は、神妙な顔で蛾治助さんの訓示に耳を傾けました。

夕飯を終えて部屋に戻ると、皆は、すぐに欠伸《あくび》を洩らし始めました。一日じゅうお日様の下にいたため、さすがにクタクタです。就寝時間になる頃には、いつものようにお喋《しゃべ》りに興じる者もなく、皆、そそくさと床につきました。部屋も寝床も消毒薬と燻蒸《くんじょう》の臭いがプンプンでしたが、文句を言う者は誰もいません。新工部屋には、じきに、心地良さそうな寝息が溢《あふ》れました。

さて、その夜――、

お初は、昼間に麦茶を飲み過ぎたせいか、御不浄に起きてしまいました。廊下に出ると、お屋敷にはまだ煌々《こうこう》と灯《あか》りが点《とも》り、賑《にぎ》やかな声がしています。塀の向こうに、まだ自動車が停まっているところからして、どうやら、昼間の客人を交えての宴会が執り行われているようでした。

夜風に乗って聞こえてくる声に耳を澄ますと、

「今年の新工は、なかなか粒が揃っているね」

とか、

「うんうん、今年も、良い生糸ができそうだ」

とか、上機嫌で盛り上がっている様子。中には、聞き慣れない声もずいぶん交じっています。

――ひょっとすると、あの男《ひと》も一緒かな？

寝ぼけた頭に、ふと、あの学生さんの顔が浮かんできました。謎めいた眼差《まなざ》しをぼんやりと思い出し、昼間に感じた顔の火照りが微《かす》かに甦《よみがえ》ってきます。でも、それも、ほんの一瞬のこと。再び襲ってきた眠気に、スーッと掻《か》き消されてしまいました。

――あの学生さんは、いったい、誰だったのかな？

ひょっとすると、また明日、見かけるかもしれない――そんなことを考えながら、お初は、そそくさと寝床にもぐりこみました。

翌朝、目を覚ますと、自動車はすでに去り、工場の前庭には車輪の跡が薄《うっす》らと残っているだけでした――。

五

虱騒動があってからというもの、新工《シンコ》たちの間には、しばらく緩んでいた緊張感が再び戻ってきました。

蛾治助さんの厳しい一面を垣間《かいま》見たのも、その一因です。でも、それ以上に、いずれ始まる仕事に対する不安が、あらためてふくらみ始めていたのです。以前ほどはしゃぎ回ることがなくなり、心細そうに膝《ひざ》を抱える者や頬杖《ほおづえ》をついてため息を洩らす者が増えてきました。そして、その傾向は、身体検査の時に成績の悪かった者に、特に顕著に表われていました。

のんびり屋のお咲はたいして感じていないようでしたが、お初には、お清とお静がこれからの配属先がどうなるのかを心配しているのが、手に取るようにわかりました。でも、下手にそのことを口にしたら、かえって不安を煽《あお》るだけのような気がします。お初は、あえてその話題には触れないようにしながら、二人が元気になるように、できるだけ明るく振る舞うように努めていました。

やがて、春のそよ風にひどく湿り気が増し、空に梅雨入りの気配が濃くなってきたある日のこと、婦繰工場長が、糸繰り場の検番さん三人を率いて新工宿舎にやって来ると、

「今日は、適性検査を行う」

皆を睥睨《へいげい》しながら告げました。

なんの前触れもない、抜き打ち検査！　いきなりのことに新工たちは色めき立ちました。

――うー、とうとうおいでなすったか。いってえ、どんな検査なんだべか？

お初は、緊張で、早くも小便が洩れそうでした。

「皆、よくお聞き」

蛾治助さんが、婦繰さんの横に立ち、畏《かしこ》まった顔で皆の注意を促します。

「製糸部では、あと一週間ほどで、春繭《はるまゆ》の糸繰りが始まる。この養蚕部の仕事に向かない新工は、製糸部のほうに引き取ってもらい、古株の工女の下で糸繰りの見習いをさせることになっているが、これは柔《やわ》な女子《おなご》には務まらん仕事だ。これから、製糸部長さんが向き不向きを確かめるので、言うことを良く聞いて、真面目に検査を受けるように」

蛾治助さんが言い終わると、婦繰さんがあとを引き継いで、

「新工ども、今、聞いたとおりだ」

大声を張り上げます。

「製糸部の仕事はきついが、汗水たらして働けば、模範工女になるのも夢ではない。大金を手にして故郷に錦《にしき》を飾りたけりゃ、まず、この適性検査に合格してみろ。わかったか？」

「へいっ！」

「よーし、ええ返事じゃ。それでは、検査を始めるので、全員、広場に出ろ」

婦繰さんは脇で控えている検番さんたちに目配せすると、新工を外へ連れ出すように命じました。

「ほーれ、聞いたな？　わかったら、グズグズしてるんじゃないぞー！」

検番さんたちが、待ってましたとばかりに、皆を急《せ》きたて始めます。尻《しり》をピシピシ叩《たた》かれ、新工たちは、キャー、キャーと悲鳴をあげました。その声に嬉々《きき》として目を輝かす検番さんたち。どれも、目つきの嫌らしい意地悪そうな男《ひと》ばかり。とんだ闖入《ちんにゅう》者《しゃ》に、平和だった乙女の花園は、蜂の巣を突《つつ》いたようになってしまいました。

外に出ると、皆は、会社の前庭の中央に整列させられました。皆の前には、桑の葉を運ぶ時に使う背負い籠《かご》が置いてあります。そして、その脇には、河原に転がっているような大きくて丸い石が、小山のように堆《うずたか》く積まれていました。

いったい何をさせられるのだろうと皆が訝《いぶか》っていると、婦繰さんが手にした台帳を開き、

「では、これから、名前を呼ばれる者は、前に出ろ」

厳しい顔で告げます。

一同は、ゴクリと唾《つば》を呑《の》みました。

婦繰さんに呼ばれ、次々と、新工が前に進み出ます。その中には、お清とお千代の名前もありました。呼ばれた者は、全部で六名。皆、どこか大人びた雰囲気の者ばかりです。

婦繰さんがその新工たちに向かって、

「お前たちは、皆、健康診断の成績が乙種——つまり、もう月の物が始まってかなり

経つ身体だ。当然、養蚕部の仕事はさせられん。製糸部に来て糸繰りの見習いを始めてもらう」

きっぱり告げます。

皆の間にざわめきが起こりました。

やっぱりという思いがして、お初は唇を噛《か》みました。健康診断の時のお清の顔つきからして、もしやとは思っていましたが、やはり勘は当たっていました。チラリとお清を見ると、さすがに覚悟していたとみえ、驚いた様子は窺《うかが》えません。ただ、さすがに失望は隠せないらしく、肩を落とした姿が悲しそうでした。

「ただし……」

婦繰さんが、皆の動揺を一蹴《いっしゅう》するように咳《せき》払いし、

「製糸部としても、使い物にならん奴を引き受けても邪魔になるだけだ。今のうちに、どれだけ根性が据わっているかを見せてもらうぞ」

用意してあった背負い籠と石を指差します。

「好きな仲間を三人選んで、ここにある石を籠に詰めてもらい、門番小屋の爺《じい》さんに、お土産です、と言って持っていくんじゃ。石をすべて爺さんに届け終えたら、検査合格。どうじゃ、簡単なものじゃろうが？」

――なんだって！

お初は、呆気《あっけ》に取られてしまいました。

背負い籠に石をいっぱい詰めれば、およそ十貫目《約三十八キロ》はあります。門番小屋までは十五、六間《約三十メートル》ばかり。石の量は、六人がかりで運んでも、ひとり頭、ざっと十回分はあります。こんなことをやらせるなど、正気の沙汰《さた》とは思えませんでした。

命じられた者は、皆、青ざめています。さすがのお千代でさえ、顔が引きつっていました。

皆が、二の足を踏んでいると、検番さんたちが歯を剝《む》いて、

「さあ、グズグズしていると日が暮れるぞ。さっさと準備しろやい」

キィキィ怒鳴ります。

「あんたら、お願い……」

お清に縋《すが》るような目をされ、お初は、お咲とお静と一緒に、前に進み出ました。

「よう、おめえらが、こいつの仲良しかえ？　しっかり、面倒見てやるんだぜ」

キツネ面した検番さんが、クックッと笑いながら、お初たちを囃《はや》し立てます。

困ったことになったと、お初は、他の二人と顔を見合わせました。お初たちにできることは、何もありません。お清が血反吐《ちへど》を吐かないようにと祈るだけでした。

「お千代ちゃんは、あたいが手伝ったげるー！」

真っ先にお千代の手伝いを買って出たのは、おトラちゃんです。あとの二人は、お

千代の取り巻きですが、いかにも渋々という感じ。面倒に巻きこまれるのは迷惑という顔でした。お千代は、もう、泣き笑い。はねっかえりも、こうなっては形無しでした。

「お清、おらたちがついてるからな。模範工女になることだけ考えて、辛《つら》いの、我慢するだぞ」

お初は、お清の手を握り締めました。お清が無言でその手を強く握り返した時、

「さあ、始めっ！」

婦繰さんの号令がかかりました。

皆が弾《はじ》かれたように、石の山に取りつきます。籠に石を入れるたびに、背負った者の肩に背負い紐《ひも》がグイグイと食いこみ、口から呻《うめ》きとも悲鳴ともつかない声が洩《も》れました。背負うのが地獄なら、石を入れるほうはもっと地獄。お初は、心の中で、「早く終わってくれ！」と一心に叫びました。

籠がいっぱいになると、背負っている者は、立っているのがやっとの有様でした。一度座りこんだら、立ち上がるのは至難の業。せいぜい転げないように、一歩一歩、亀の歩みで進んで行きます。見ているだけで気が遠くなりそう。門番小屋まで辿《たど》り着くと、その場に尻餅《しりもち》をつくようにして籠をひっくり返します。空っぽの籠を提げてホッとして歩いていると、検番さんが飛んで行って尻を蹴《け》ります。慌ただしく駆けて戻

ってくると、すぐに籠に石が……。身体を休める時間を少しでも長くしてやろうと、仲間が石をゆっくり入れようとすると、今度はそっちが怒鳴られます。

──お清ー、許しとくれー！

励ますどころか、逆に、どんどんお清を責め苛《さいな》むことになり、お初は、胸が張り裂けそうでした。

お静が堪《たま》らずに泣き出すと、またまた検番さんが飛んできて、

「なーに、メソメソしとるかー、早くしろー！」

横っ面を張ります。

「ヒーッ」

お静が悲鳴をあげながら慌てて石を籠に放りこんだので、平衡を失ったお清は危うく転げてしまうところでした。

お清は、もう汗びっしょり。倒れまいとして踏ん張り、顔は真っ赤です。籠の重みが増していくにつれ、食いしばった歯がギリギリ鳴りました。

「お清、しっかり！」

お初が声をかけても、返事をする余裕もありません。もう、周りの声も耳に入らないほど疲れ切っているようでした。

他の者も、皆、同じです。ただひたすら、機械的に身体を動かすだけ。ちょっとし

たきっかけで、その場にドッと倒れたとしても、何の不思議もない有様でした。

ところが！

八度目の荷を背負った時、とうとう、石の山がきれいになくなりました！　最後の籠を爺さんに届け終え、皆は、その場にドッとへたりこみました。見事に試練を乗り切ったのです！　信じられない快挙に、嬉《うれ》しさで顔がクシャクシャです。肩で息をしながら、ヘラヘラ笑い出す者もいました。

見守っていたほうは、思わず、「万歳！」と叫びました。手を取り合って、ピョンピョン飛び跳ねます。拍手喝采《かっさい》を送ります。

一同の安堵《あんど》と喜びが最高潮に達した時です――、

「おーい」

門番の爺さんが、だしぬけに叫んで、

「ここにこんな物を置かれちゃ、困るじゃないかー」

迷惑そうに石の山を指しました。

「おー、すまん、すまん。今すぐに片づけさせるで、勘弁しちゃってくれ」

検番さんがケラケラ笑って応《こた》えます。

そして、おもむろに新工たちに向き直り、

「と、いうわけだ。お前さんら、早く、こっちへ運びなおしてやってくれ」

石の山に顎《あご》をしゃくりました。

皆は、一瞬、茫然《ぼうぜん》自失。口をポカンと開けて目を瞬《しばたた》かせる者、首を傾げる者、頭を抱えこむ者……やがて、誰かが堪らずに嗚咽《おえつ》を洩らします。それにつられて、全員がワンワンオイオイと大声で泣き出しました。お清も泣いています。お千代も泣いていました。

それを見た検番さんたちは、大喜び。

「こりゃー、メソメソしてんじゃないよー！　音をあげるのは、まだ、早すぎるぞー！　すぐに仕事に戻らねえと、こうだぞー！」

ここぞとばかりに、皆に躍りかかります。胸倉を摑《つか》んで横っ面を張り、首根っこを摑んで引きずり、乱暴に蹴転がして罵声《ばせい》を浴びせます。その形相の凄《すさ》まじいことといったらありません。まるで、子鬼が群《たか》れ集っているようでした。

新工たちに、再び立ち上がる気力は残ってはいないようです。狼藉《ろうぜき》の限りを尽くされても抵抗ひとつせずに、グッタリと地面に横たわったままでした。見ている者は、あまりの強烈さに、誰も手が出せません。皆、竦《すく》みあがったまま、ブルブル震えるだけ。とばっちりがこないようにと、目をそむけて、小さくなっているしかありませんでした。

ところがです！

「こん畜生《つくしよう》めー、やめねかー！」

甲高い声と共に、飛び出す者がありました。

――あっ！

お初は、息を吞《の》みました。

なんと、その向こう見ずな人物は、誰あろう、おトラちゃんだったのです。

おトラちゃんは、でかい図体《ずうたい》をもったらくったら揺すりながら、お千代を打ち据えている検番さんに突進していきました。

「オッ？」

検番さんがヒラリと身をかわし、おトラちゃんに足払いを食わせます。

おトラちゃんは、土埃《つちぼこり》を舞い上げながら、ドテーッと無様に転げました。

「こいつー、ええ度胸しとるやないけー」

検番さんが、目を剥いて拳《こぶし》を振り上げます。

と――、

「こりゃ、そいつは養蚕部の娘じゃ。傷物にしちゃ、いかんぞ！」

別の検番さんが、慌てて窘《たしな》めました。

「おーっと、そうじゃった」

窘められたほうは、思わず肩を竦め、

「ほんじゃまあ、こいつは、ちいと足らんようだから、オツムを元気にしてやるか」

おトラちゃんの頭をポカポカやり始めます。

「あれー、嫌《や》んたー!」

おトラちゃんは、ジタバタしながら泣き喚《わめ》きました。

それを見たお千代が、ハッと半身を起こし、

「やめれー!」

検番さんの足に飛びつき、ガップリと脛《すね》に嚙《か》みつきました。

検番さんが、ギャーと喚いて、

「この、脛っ齧《かじ》りがー!」

自由なほうの足で、お千代の胸を思い切り蹴り上げます。

お千代は、グェッと呻いて身体を折ると、ウーと息も絶え絶えで地面をのたうち回りました。

気丈なはねっかえりが、一撃で返り討ち!

お初たちが恐怖で仰《の》け反っていると、婦繰さんが、おもむろに前へ進み出て、

「よーし、そこまで!」

大声で制しました。

「これで、検査は終了じゃ」

言いながら、検番さんたちに目配せします。

検番さんたちは、無言で頷《うなず》くと、

「おめでとさーん！　お前さんら、製糸部の適性検査に合格じゃー」

ヘラヘラ笑いながら、ボロ雑巾《ぞうきん》のようになったお清たちの首根っこを摑んで立たせました。

「さあ、さっそく、六名様、工場へご案内！　これからバリバリ稼いでくれよー」

皆の背を突きながら、工場のほうへ追い立てます。

「お、お千代ちゃーん！」

おトラちゃんは、口をへの字にしてボロボロ涙を流しました。追い縋《すが》ろうとして、足がもつれて、またもやドッスンコ。あとは諦《あきら》めたように、その場に突っ伏して、ヒーヒー泣き喚きます。

「お清！」

お初も堪らずに叫びました。

お清が、殴られてお化けのように腫《は》れあがった目でこちらを見ます。悲しそうな目が、何とかしてと訴えています。行きたくないと叫んでいます。

——お、お清！

とても見るに忍びません。お初は、思わず目を逸《そ》らしました。

――お清、許してけれ！

友達を見捨てたりしないと大見得を切っておいて、何というザマ。こんなことなら、殴られてもいいから、せめて、おトラちゃんのように検番さんに突っかかっていけば良かったと、いまさらながらに後悔の念がこみ上げてきます。でも、もう、すべては後の祭り。何ひとつしてやれなかった自分の無力さに、お初は、皆と肩を抱き合ってオイオイ泣きました。

悲しみに暮れる皆をよそに、婦繰さんが、おトラちゃんを目で指しながら、

「やれやれ、あのボンクラのせいで、すっかり段取りが狂ってしまったわい。あの石の山を片づけないことには、門番の爺《じい》さんは許してくれんぞ。どうする、蛾治助さんや？」

思わせぶりに訊《たず》ねます。

「ふーむ、あの娘のせいなら、やはり、こちらで責任を取らねばいかんじゃろうね」

蛾治助さんは、浮かぬ顔で、

「仕方がないから、養蚕部の娘ら皆で手分けして片づけさせるよ」

前庭に残っている新工たちを目で指しました。

婦繰さんが、ニヤリとほくそ笑み、

「そうかい。ほんじゃ、あとはよろしく」

さっさと踵《きびす》を返します。

　太鼓腹を揺すりながら悠々と工場に戻っていく婦繰さんを見送りながら、蛾治助さんがため息をつき、

「いいかい、お前さんがたは会社の奉公人じゃ。そして、わしら監督は、その奉公人を預かる身。わしらの言うことは、旦那《だんな》さんの言葉だと思ってもらわにゃ困る。おトラのように反抗しては、示しがつかないんだ。でも、こういう世界では、一致団結の気持ちも大切。あの娘のしでかした不始末は、養蚕部の不始末でもある。だから、これから、皆であの石を片づけようじゃないか。手分けして裏の川に放りこむんだ」

　皆を元気づけるように言いました。

　でも蛾治助さんの言葉に、皆は浮かない顔をしました。黙ったまま、しらっとした目でおトラちゃんを睨《にら》みます。まったく余計なことをしてくれたと言わんばかり。お千代を嫌っていた娘たちなどは、不満を露《あら》わに、舌打ちまでします。どうやら、お千代の親切心が仇《あだ》になって、おトラちゃんは皆から恨みを買ってしまったようです。同情的な者は、お初、お咲、お静など、ほんの一握りだけのようでした。

「さあ、どうした、皆？　さっさと、片づけてしまおう」

　蛾治助さんが促しても、なかなか、自分から進んで籠《かご》を背負おうとする者はありません。

お初は、思い切って前へ進み出ました。べつに、おトラちゃんを庇《かば》ってのことではありません。お初は、蛾治助さんに言われるまでもなく、さっきから、石を担ぎたいと思っていたのです。

お初は、籠を摑《つか》むと、門番小屋の前まで歩いていき、石を籠に放りこみ始めました。石がガッチンコガッチンコいうのを聞きながら、黙々と手を動かします。すぐに、お咲とお静がやって来て、お初に加わりました。さすがに知らんぷりしているわけにはいかないと思ったのか、他の者も、シブシブ、籠を摑みます。

「ふん、なんだ、ええ恰好《かっこう》しいが！」

お初の横を通り過ぎざま、厭味《いやみ》を言う者もありましたが、お初は、聞かぬ振りをして石を拾い続けました。

お初が籠いっぱいに石を詰めこもうとするのを見て、お咲が、

「おい、お初、無理すんじゃねえよ。そったらいっぺんに担がなくたって、人手はいっぺえあるでねえか」

心配そうにお初を制します。

「いいから、担ぐのを手伝ってけれ」

お初は、お咲の止めるのも聞かずに籠を背負いました。お咲とお静の後押しがなければ、とても立ち上がれない重さです。肩が千切れそう。足が折れそうでした。

――お清は、こったら重《おめ》えものを、あんなに何度も……。

やりきれない思いが、心の中で渦巻きます。お初は、それを消し去りたい一心で、がむしゃらに足を前に出しました。途中でへたりこみそうになるのを、必死で踏ん張ります。お清に何もしてやれなかった、せめてもの罪滅ぼしのつもりでした。

たった今、お清が連れ去られていった工場の横を通り過ぎ、やっとの思いで、裏の塀の一角にある戸口に辿《たど》り着きます。外に出ると、どんよりした流れに押されながら、水車が二基ガッタンギッタンいっていました。何人もの工女が身投げしたという川めがけて、籠の中の石を力いっぱい放り投げます。ドッポンと間抜けな音……。まるで川が嘲笑《あざわら》っているようでした。

――こん畜生《つくしょう》！　こん畜生！

お初は、むきになってどんどん石を放りました。胸につかえた息苦しさを取り去りたくて、夢中で放りました。気がつくと、籠はいつの間にか空っぽです。

「お初ぅ」

お咲とお静が、オズオズと声をかけてきます。

お初は、二人には答えずに、ぼんやりと、川向こうに広がる荒れ野を見つめました。

ふと、目の前の景色が涙に滲《にじ》みます。同時に、重苦しく翳《かげ》った空から冷たいものがポツポツ落ち始めました。

お初は、奉公に来て以来初めて、故郷に帰りたいと思いました──。

六

どんな仕事でもいいから、早く始まってほしい──。

お清たちがいなくなってから二週間あまり、お初が思うのはそればかりでした。

蚕喜村一帯は適性検査から間もなくして梅雨入りし、ねっとりと鬱陶《うっとう》しい瘴気《しょうき》のようなものが辺りを包みこんでいます。とにかく、何かしていなければ、気がクサクサして仕方ありません。風呂《ふろ》に浸《つ》かっていても、食事をしていても、何かの拍子に、最後に見たお清の顔が脳裏に浮かんできて、身体の芯《しん》から力が抜けていきます。仲間とお喋《しゃべ》りしていても、喉《のど》自慢大会で大声で歌をがなりたてても、さっぱり気が晴れないのです。堪《たま》らずに、禁止されているトンボ返りと逆立ちをやって蛾治助さんに諫《いさ》められた時、お初は、とうとう、癇癪《かんしゃく》を起こしてしまいました。

「蛾治助さん、いったい、いつになったら仕事させてくれるのっす?」

お初は、我を忘れて、蛾治助さんに食ってかかりました。

「製糸部じゃ、とっくに仕事が始まってるでねえか。毎日、工場から、煮繭《にまゆ》の臭いがプンプンしてら。朝早くから夜更けまで、糸繰り機がガタガタいってるのが聞こえるぞ。おら、あの音を聞いてると、胸ん中がモヤモヤして、落ち着いてられねえんだよ」

自分が無為徒食でブラブラしている間にも、お清は工場で汗を流しています。煮繭の臭いにまみれながら、検番さんたちに尻《しり》を叩《たた》かれています。それを思うと、居ても立ってもいられませんでした。

でも、蛾治助さんは、呆《あき》れたようにため息をついて、

「やれやれ、お前さんは、ほんに堪《こら》え性のない娘だな。まるで、赤ん坊じゃ。心配せんでも、じきに、おぼこ糸用の夏繭作りが始まる。そうなったら、ここもてんてこまいだ。それまで、じっくり英気を養っておればええじゃないか」

まるで取り合おうとしません。

「んだども、こう来る日も来る日も、上げ膳《ぜん》据え膳で甘やかされてると、おら、頭も身体も腐っちまいそうだよ。賄いのオバちゃんたちに、なんか手伝いましょうかって訊《き》いても、わたしらの仕事を横取りする気か！　って、えれえ剣幕で怒鳴られるし……もう、何でもいいから、仕事させてくんろ！」

お初の頼み方がよほどおかしかったのか、蛾治助さんは、

「ふふ、まったく、お前さんみたいなのは、初めてだ。とことん、貧乏性なんだな。仕方ない、あと少ししたら養蚕場の掃除が始まるが、それまでは、残飯処理係でも任

せるとするか」

根負けしたように苦笑しました。

「残飯処理係？　なんだいそりゃ？」

お初が首を捻《ひね》ると、蛾治助さんは、

「うん、実はな……」

残飯処理係がいかなるものか説明してくれました。

一言で言って、残飯処理係は、新工宿舎から出る残飯を、製糸部の糸繰り工女たちに運ぶ役目のことでした。製糸部では、養蚕部と違って食事の内容が粗末なので、魚の粗《あら》や骨、野菜屑《くず》、その他の食べ滓《かす》すべてが、貴重な副食になるのだそうです。そういう残り物は鍋《なべ》で煮立ててから製糸部へ届けるのですが、賄い場が忙しいとどうしても手が回らずに、無駄が出たり、処理がいい加減になって吐き下しの原因になったりします。お初に仕事を任せれば、そういう問題も解決するのではというのが、蛾治助さんの考えでした。

「用意した残飯は、決められた時間に製糸部の宿舎の玄関まで運べば、あとは当番の新工が引き受けてくれる。でも、その際に、手紙のやり取りや、残飯以外の物を差し入れすることは禁止されているから、やっちゃいかんぞ。余計なお喋りなんかしていると、出入り禁止を食らう恐れがあるから、届ける物を届けたら、さっさと戻ってくるんじゃ」

蛾治助さんは、お初にそう忠告してから、

「二、三日中には仕事を始められるように、賄いのオバンらに話を通しておいてやるから、それまで、おとなしくしとけ」

ニッコリ笑いました。

少しの間でも新工宿舎の敷地から出ることが許されるのは、活発なお初にとって、この上もなく嬉《うれ》しいことです。でも、もっと楽しみなのは、向こうでお清に会えるかもしれないということでした。適性検査の日以来、連れ去られた新工たちとは、一切、連絡が取れない状況です。すぐ目と鼻の先に暮らしていながら、話すことはおろか顔を見せ合うこともできないのは、切ないものがありました。今度、お清に会うことがあれば、適性検査の日のことで一言謝りたいと思っていただけに、残飯処理係の話は渡りに舟。お初は、蛾治助さんの計らいに、心から感謝しました。

――あっ、そうだ！

糸繰り工女見習いになった娘たちのことを思い出しているうちに、お初は、ふとあることが頭に浮かび、

「なあ、蛾治助さん、ちっと図々《ずうずう》しいようだけんど……」

モジモジしながら口ごもりました。

「なんじゃ、まだ何かあるのかね?」

蛾治助さんが、面倒臭そうに顔をしかめます。

「あのな、残飯を届ける時、おトラも一緒に連れて行っちゃいけねべか?」

お初は、思い切って切り出しました。

「おトラを?」

「んだ、ひょっとすると、お千代に会えるかもしんねだろ?」

蛾治助さんが、「ふむ」と頷《うなず》きます。お初は、ここぞとばかりに言葉を継ぎました。

「あの娘《こ》、お千代がいなくなってから、すっかりしょげ返《けえ》っちまってる。食い気もめっきり落ちて、あんなに肥えてたのが、ひどくやつれてきてるんだ。病気にでもなったら、事だんべ? お千代に会えるとなったら、元気になると思うんだが、どうかな?」

お初の言ったことは嘘ではありませんでした。大げさでなく、おトラちゃんは、あの日以来、かなり心配なことになっていたのです。それは、皆のイジメが原因でした。お千代がいなくなると、それまでお千代に虐げられていた新工たちは、あからさまに、おトラちゃんに邪険な態度を取るようになりました。足手纏《まと》いのおトラちゃんに関わっていては、いつなん時、面倒に巻きこまれるやもしれません。知らんぷりしていたほうが身のためと、徹底的に無視し始めたのです。でも、おトラちゃんには、皆の打算を推《お》し量るオツムはありません。お千代がいなくなって淋《さび》しいやら心細いやらで、以前にも増して、駄々をこねたり愚図ったりする始末。堪《たま》りかねた新工たちは、目障りなおトラちゃんを黙らせようと制裁を加え始めました。

おトラちゃんが、櫛《くし》の歯が欠けたようにポッンと空いたお千代の寝床の横で、「お千代ちゃーん、お千代ちゃーん」と毎晩のように泣いていると、ある晩、堪りかねた周りの者が、「やかましい、寝れねでねえか！」と布団を被《かぶ》せてボコボコにしました。それがきっかけになって、イジメはどんどん過激になっていったのです。腹が減ったと他人のおやつに手を出すと、「この泥棒ネコめ、手前《てめえ》はこれでも食ってろ！」と泥《どろ》饅頭《まんじゅう》を口に捻《ね》じこみます。風呂でバシャバシャやっていると、皆で浴槽に沈めて溺死《できし》寸前という有様。皆の手口は陰《いん》にこもってあざとく、蛾治助さんの目には絶対に触れないように仕組まれていました。

見かねたお初は、お咲やお静の止めるのも聞かずに、おトラちゃんに、空いたお清の寝床に移ってくるように勧めました。そばに置いて世話してやれば、皆も手を出さなくなるだろうと考えたのです。

でも、悲しいかな、おトラちゃんは、オツムが弱いぶん、気持ちも人一倍一本気。

「なに語ってるのっす。お千代ちゃんは、もうじき帰《けえ》って来るすけ、ほっといてけれ」

頑として応じませんでした。

いくら言っても聞きそうにもなかったので、お初は、それ以上無理強いすることはせず、その代わり、できるだけ目を配り、面倒を起こしそうになった時には、それとなく助けてやるようにしました。お初が面倒なおトラちゃんの世話を焼いてくれるなら、それに越したことはないと、新工たちもあまりおトラちゃんを苛《いじ》めはしなくなりました。でも、それまでのイジメですっかり参ってしまったおトラちゃんは、その後も元気を取り戻せずにいます。オツムだけでなく、このまま身体まで弱りきってしまっては、おトラちゃんがこの会社で生き残れるわけがありませんでした。

「うーむ、おトラのことは、わしも気にはなっとった。せっかく甲種一等の身体が、今じゃ二等の下ぐらいに格落ちしとる。お前さんの言うことは、案外、名案かもしれんな。ええよ、好きにしなさい」

蛾治助さんがそう言って、仕事に戻っていきます。良い返事がもらえて、お初は胸の痞《つか》えが下りたような気がしました。

「なあ、お初……」

二人の話を聞いていたお咲が寄ってきて、声をひそめます。

「あまり、おトラの世話焼き過ぎるのは、良くないんでないか？　近頃、皆が、あんたのことを、ええ恰好《かっこう》しいだって陰口たたいてるぞ」

お咲は、おトラちゃんを嫌っている新工たちとも仲良くしているので、変なとばっちりを受けやしないかと気が気でないようでした。

「お咲、いいから、ほっといてやんなよ」

窓際で外を眺めながら綾取《あやと》りをしていたお静が、横から口を挟みます。

「仲間の世話焼いて、どこが悪いのさ？　陰口たたくようなみみっちい根性の連中なんか、知らんぷりしとけ。お清がここにいたら、きっと同《おんな》じことを言ったと思うぞ」

お静に言われて、お咲はブツブツと口ごもりました。

お静が、お咲を無視して、

「お初、早く、おトラんとこへ行ってやんなよ。あいつ、今日も、おやつを残してた。置いといたら、頭の黒い鼠が引いてっちまうから、持って行ってやったほうがいい」

おトラちゃんの整理棚の上の大福餅《もち》を指差します。

「あんたら、いらん気を遣わせちまって、勘弁な」

お初は、二人に頭を下げると、大福餅を摑《つか》み、階下に下りていきました。玄関口のほうを見ると、おトラちゃんが、玄関の軒先にボーッと佇《たたず》み、雨に煙る製糸部の建物を見上げています。新工部屋にいても疎まれるだけとわかったらしく、近頃は、終日、こうして、お千代のことを思っているのです。

お初は、おトラちゃんの脇に歩み寄って、

「また、お千代のことを考えてるだか？」

掌《てのひら》に大福餅を載せてやりました。

おトラちゃんが、ぼんやりと大福餅を見ながら頷き、

「この大福、お千代ちゃんに食わせてやりてえ」

ポツリと呟《つぶや》きます。

お初は、思わず、目頭が熱くなり、

「なあ、おトラ、もうすぐ、お千代に会えるぞ」

おトラちゃんの肩に手を置きました。

「本当《ほんと》け？」

おトラちゃんが、目を丸くします。

「ああ、本当だ。二、三日したら、おらと一緒に会いに行くべ。でも、それまでに、飯ばちゃんと食って、元気つけねば駄目だぞ。そったら辛気臭い面《つら》で会いに行ったら、お千代がガッカリしちまうからな」

話し終わるか終わらないうちに、おトラちゃんがいきなりガバーッと抱きついてきたので、お初はびっくりしました。

どうしたのかと思ったら、エッエッと身体を揺すりながら泣いています。

「えーん、えーん、お初っちゃん、ありがとー、えーん、えーん」

オツムが空っぽだから、喜び方も素直で気持ちが良いぐらい。

お初は、おトラちゃんの身体に手を回して、

「さあ、わかったら、その大福を食っちまえ」

背中をポンポンと叩《たた》いてあげました。

おトラちゃんが、コクリと頷き、大福餅を頬張ります。

その横顔を見つめながら、お初は、お清のことを考えていました。

二日後——。

夕飯のあとに、賄いのオバさんが、お初とおトラちゃんを呼びとめ、

「部長さんから話は聞いた。残飯の処理係をやりたいってのは、お前さんがただね？」

ギスギスした声で訊《き》きました。

「へい、そうです！」

お初たちが、勇んで答えると、オバさんは、値踏みするように二人を見てから、

「よし、そいじゃ、今晩から仕事してもらうから、こっちへおいで」

二人を賄い場に連れて行きました。

そして、流しに山積みにしてある残飯を指して、

「まず、ここにある屑《くず》を食べやすい大きさに刻むんだ。それから、竈《かまど》にかけてある大鍋《なべ》で煮て、ちゃんと火が通ったら、桶《おけ》に移して持っていきな。ひっくり返したりして火傷《やけど》でもされたら、こちらが迷惑だから、くれぐれも用心しておくれよ」

念を押しながら、狡《こ》すからそうな目を細めました。

「はーい」

何ともわかりやすい仕事。実家の野良仕事より、よっぽど簡単そうです。

「んだば、早速、おっ始《ぱじ》めっか」

お初は、おトラちゃんと二人で手分けして、山盛りの残飯を包丁で刻み始めました。

すると、

「こりゃ、残飯はもっと小《こ》ぅ刻まにゃいかんがな」

すぐさま、オバさんの小言が飛んできます。

「大きいままにしとくと、向こうで喧嘩《けんか》が起きる。野菜の切れ端ひとつで、血を見ることもあるんじゃ。うんと小ぅ豆粒みたいにしなきゃいけん。ついでに言っとくが、煮こむ時も、雑炊よりもゆるくなるぐらいに薄めて、うんとトロトロにせにゃいかんぞ。わかったかや?」

お初は、たまげました。ここしばらく新工部屋の贅沢《ぜいたく》な食事に慣らされていたので、糸繰り工女たちが残飯を食べると聞かされただけで、ずいぶん後ろめたい気がしていたのです。なのに、その残飯の奪い合いまで起きているとは、尋常ではありません。実家では粟《あわ》や稗《ひえ》の雑炊ばかりを啜《すす》る暮らしでしたが、野菜屑ひとつのことで喧嘩になったことは、一度もありませんでした。

——いってえ、製糸部ってのは、どんなとこなんだ？

お初は、何だか嫌な予感がしてきました。

残飯を煮終わると、お初は、それをふたつの桶に分け入れ、おトラちゃんと分担して運びました。小降りの雨の中を、お屋敷の敷地から工場の前庭に出ると、工場では、まだ繰糸機がガタガタ音を立て、窓から繭を煮る湯気がモウモウと上がっています。養蚕部がとっくに夕飯を終えたというのに、製糸部はまだ操業中。お初は、胸がチクチク痛みました。

でも、おトラちゃんは、そんなことはまるでお構いなし。フンフン鼻歌を歌いながら楽しそう。ここで水を注《さ》すのも無粋というもの。お初も調子を合わせて、一緒に鼻歌を歌いました。

レンガ造りの工場の前を過ぎると、隣は納屋を大きくしたような木造の倉庫で、さらにその隣が製糸部の宿舎です。木造二階建ての洋風の建物で、造作は新しそうですが、良く見ると、新工宿舎よりもずっと安普請《やすぶしん》でした。粗末な板壁は所々が反り返り、トタン屋根もずいぶんと錆《さ》びついています。なのに、窓に取りつけられた格子と入り口の扉だけは、とてもしっかりしていて頑丈そう。

——なんだか、本当《ほんと》に監獄みたいだな……。

初めて工場を見た時のことを思い出し、少し背筋がゾクリとします。

宿舎の入り口に立つと、お初は、妙に気後れした気持ちを振り払いたくて、雨で濡《ぬ》れた顔を着物の袖《そで》でグイッと拭《ぬぐ》い、

「おばんです！　残飯持って来ました！」

厳《いか》つい木戸を力任せにドンドン叩きました。

なかなか応対の者が現われないので、おトラちゃんが焦《じ》れて、

「おばんです！　おばんです！」

何度も繰り返し大声を張り上げます。

ややあって、中に人の気配がして、ぶ厚い扉が開きました。

中から現われた人影を見て、おトラちゃんが、

「お千代ちゃん！」

ピョンピョン飛び跳ねます。

「おトラ……」

お千代が驚いて目を丸くしました。

「会いてかったー！」

おトラちゃんが、お千代に飛びつくと、お千代が、その手を取って、

「おめえ、元気そうだな。いい子にしてたか？」

くたびれた笑みを浮かべます。作業の厳しさが、早くも顔に刻まれていました。

「ねえ、聞いて、聞いて、あたい、これから毎晩、お千代ちゃんに会いに来れるんだよ。お初っちゃんが、蛾治助さんに頼んでくれたんだ！」

おトラちゃんの言葉に、お千代が意外そうに、

「本当《ほんと》か？」

お初の顔を覗《のぞ》きこみます。

「いや、まあ、その……」

なんだか気恥ずかしくて、お初は、つい、口ごもりました。

「そうか……ありがとよ」

お千代が察して、ペコリと頭を下げます。

「べつに、礼なんかいらねえ。おトラが元気になるようにって、蛾治助さんが気ぃ遣ってくれただけだ」

お初は、わざとつっけんどんに言い返しました。

「そうだったのか……。おらも、これから毎日、残飯の受け取り係だって言われたんだ。ここじゃカスの仕事だって馬鹿にされるんで、クサッてたんだけんど、そういう

ことなら嬉《うれ》しいっちゃ」

「カスの仕事?」

「ああ、婦繰さんがそう言った。おらはカスなんだと」

「なんだって?」

お初は、目を丸くしました。お千代は、性格に難ありですが、要領の良い働き者です。連れていかれた他の新工たちよりは重宝されているとばかり思っていました。

「あんたがカスなら、他の娘らはどうなってんだ? やっぱりカス扱いされてんのか?」

お初は、お清のことが気がかりで、思わず詰め寄りました。

「ううん、皆、うまくやってるだよ。実は、おらがカス扱いされてんのはな……」

お千代が言いかけた時です、

「お千代、余計なこと語っちゃなんねえって言われただろ?」

お清が宿舎の入り口に現われ、お千代を遮りました。

お千代が、小さくなって口を噤《つぐ》みます。

「お清!」

お初は、思わず駆け寄って、

「あんた、元気だったかい?」

お清の手を取りました。

お清が、その手を見下ろし、

「ああ、変わりねえよ」

ニコリともせずに言います。

お初は、ギクリとしました。

お清の顔つきが以前と違います。最初は、明かりの加減かと思いましたが、そうではありません。ちょっと見ぬ間に、お清の顔には、怖いぐらい険が立っていました。

「お清……あんた、本当に大丈夫なのかい？　ずんぶ、くたびれてるようだけんど……」

恐々訊《こわごわき》くと、お清が、

「はあ、そうかね？　おらは、べつになんともねえけど」

口元を歪《ゆが》めて笑います。

その拍子に、お清の息がもろに顔にかかり、お初は、思わず、ウッと呻《うめ》いて仰《の》け反りました。饐《す》えた獣脂と魚の粗がゴッチャになったような臭いが鼻を突いたのです。

煮繭の臭い――煮えた蛹《さなぎ》の臭いでした。

「ん？　どうかしたか？」

お清が首を傾げます。

「あんた、口ん中の、その臭いは……？」

「ああ、口が蛹臭いってか？　そりゃ仕方あんめえ、毎日食ってりゃ、臭いも染みついちまう」

お清はそう言って、懐から薄汚い紙包みを取り出して、中を見せました。落花生の粒のような蚕の蛹が、一握りほど入っています。

「糸繰り場の仕事をこなすにゃ、精をつけねばなんねえからな。蛹は、ここじゃ大事な食い物だ。どうだ、あんたも試してみっか？」

お清に蛹を鼻先に差し出され、お初は、つい、顔をそむけました。

「そうか、いらねえのか」

お清が、鼻先で笑いながら、

「まあ、養蚕部にいりゃあ、食い物には困らねえもんな。こんな物《もん》、ありがたくもねえか」

蛹の包みを懐にしまいます。

お初は、後ろめたさがこみ上げてきて俯《うつむ》きました。

横で二人の話を聞いていたおトラちゃんが、いきなり目をパッと輝かせ、

「ネエネエ、お千代ちゃんは、蛹なんか食べなくてもいいんだよ。あたいが、毎日、おやつを持ってきてあげる。今日だって、ほら――」

懐から、饅頭《まんじゅう》と煎餅《せんべい》を取り出し、

「お腹すいてるんでしょ。食べてちょうだい」

お千代に差し出しました。

「なんねえ！」

お清が、ピシャリとその手を払います。

せっかくの手土産が地面にぶちまけられ、お初はハッと息を呑《の》みました。

「な、なにするだ？」

おトラちゃんが食ってかかると、お清は、

「おめえ、規則を知らねえだか？　残飯以外の差し入れは禁止されてるだぞ」

憮然《ぶぜん》として言い返しました。

「で、でも……」

「でもヘチマもねえ。持って帰《けえ》れ」

有無を言わさぬ冷徹な口調。射すくめるような目……。

こんな攻撃的で無慈悲なお清を見たのは、初めてです。

「お清、なんも、そんただ堅いこと言わんでもええでないか」

お初が慌てて割って入ると、お清は、首を横に振って、

「いんや、そうはいかねえ。規則は規則だ。他の者に示しがつかねえ」

きっぱりと退けました。

「お初、おトラ、無理は言わんどけ。お清にも立場っつうもんがあるで……」

お千代が遠慮気味に口を挟みます。

「立場？」

「ああ、お清は模範工女候補に選ばれたから、いい加減なことはできねんだ。でねえと――」

お千代が説明しようとすると、お清が、

「お千代、あんた、お喋《しゃべ》りが過ぎるよ」

鋭く遮りました。

お千代がビクッと身を竦《すく》めます。威勢の良い以前のお千代は、見る影もありません。

――お清もお千代も、いってえ、どうしちまっただ？

唖《あ》然《ぜん》としているお初をよそに、お清が残飯桶《おけ》を持ち上げ、

「さあ、お千代、モタモタしてると、検番さんに叱られる。そろそろ行くぞ」

踵《きびす》を返します。

お千代は、慌てて残飯桶を掴《つか》むと、

「んだば、おら、もう行かねばならねで、またな」

地面に散らばったおやつを拾い集めているおトラちゃんに、優しく声をかけました。

おトラちゃんが半ベソかきながらコクリと頷《うなず》くのを見て、安心したようにお清のあとに続きます。

――ひでえ……製糸部ってのは、よっぽどキツイとこなんだな……。

二人が慌ただしく宿舎の奥に消えていくのを見送りながら、お初は、ため息を洩《も》らしました。

せっかく久しぶりに顔を合わせた仲間同士が、オチオチ再会を喜びあってもいられないとは、世知辛い話です。お清の素っ気ない態度に、クサクサした胸の内がますますさくれ立ったような気がしました。

良い糸をどれだけ多く引いたかで単純に工女の格が決まる製糸部では、工女同士の競争意識がとても激しいと聞きます。お清も、皆と鎬《しのぎ》を削りあって、やっと模範工女候補になったのでしょう。規則だ時間だと皆に厳しかったのは、せっかく摑んだ機会を失うに忍びなかったからに違いありません。お初は、お清が模範工女候補になれたことを嬉しく思う反面、どうしても、一抹の淋《さび》しさを覚えずにはいられませんでした。

――ちょっと待てよ……。

唐突にある思いが頭に浮かび、顔を曇らせます。

――お清が、素っ気なかったのは、おらを恨んでのことではないのか？

そういうことだって充分考えられます。

——おトラやお千代に邪険にしたのは、ひょっとして、やっかみだったのか？

——もし、そうだとしたら……。

お初は、適性検査の時のことを謝る機会を逃したことを、心から悔やみました。

「なあ、お初っちゃん……」

おトラちゃんが、泥まみれのおやつを両手に抱えて、

「これ、どしたら良かんべか？」

しょんぼり訊《たず》ねます。

お初は、おトラちゃんが羨《うらや》ましくなりました。少なくとも、この娘は、心にやましいところがありません。

「うーん、そうだな、きれいに洗って、明日の残飯に入れてやるか。そうすりゃ、ちょっぴりでも、お千代の口に入るだろう」

お初が努めて明るく言うと、おトラちゃんは嬉《うれ》しそうに頷きました。屈託ない笑顔……。

お初は、その笑顔を見つめながら、

——明日だ。明日は、必ずお清に謝ってしまおう。

心に決めました。

七

製糸工場《キカヤ》に奉公に来たというのに仕事の内容がよくわからない——。それは、お初だけでなく、養蚕部に残った新工《シンコ》たちが、ずっと抱き続けている疑問でした。

製糸部の仕事については、故郷《くに》を発《た》つ前に模範工女の姉《あね》さんたちから聞いて、おおまかには知っていました。会社が購繭人《こうけんにん》に買いつけさせた繭《まゆ》を煮繭鍋《しゃけんなべ》で煮て、それを繰糸機という機械を用いて糸にする——簡単に言ってしまえば、そういうことです。口立箒《みごぼうき》という稲穂でできた小さな熊手のような道具を使いながら繭の糸口を見つけ、それを繰糸機に掛けて巻き取らせるのですが、その手順や要領もすでに頭に入っていました。

でも、養蚕部の仕事に関しては、一切が謎です。模範工女の姉さんに訊《き》いても、「企業秘密なので教えてはいけないと釘《くぎ》を刺されている」、とのこと。お蚕さんを飼い育てるだけなら、お初の村でもやっているのですが、ここの養蚕はどうも事情が違うようでした。

それは、ここで独自に飼い増やした山繭蛾《やままゆが》に秘密があるようです。なにせ、世にも稀《まれ》な高級糸を吐く蚕ですから、その希少性が会社の繁盛の秘訣《ひけつ》になっています。その秘密を軽々しく他に洩《も》らすようなことを、会社が許すはずがありませんでした。

わからないのは、仕事の内容だけではありません。

「なあ、蛾治助さん、もうそろそろ作業が始まるんだろう？」

お初が何度訊ねても、蛾治助さんは懐手をしたまま、

「まだまだ」

とか、

「もうじき、もうじき」

とか、

「なんのどっこい」

とか、ニヤニヤするばかり。

そのうち、さすがのお初もうんざりして、あえて訊く気を失《な》くしてしまいました。

蛾治助さんが、「焦らずに英気を養え」と言うので、新工たちは、「んだば、お言葉に甘えて」と、食っちゃ寝、食っちゃ寝の暮らしに胡坐《あぐら》をかいたままです。貧乏育ちの痩《や》せっぽちたちも、さすがに血色が良くなり、身体つきもどんどんしっかりしてきました。日に三度は風呂《ふろ》を使うので、肌もツヤツヤ。新工部屋は、ちょっとした桃源郷でした。

お清のことがなければ、お初も、皆と一緒に呑気《のんき》な暮らしに明け暮れていたことでしょう。でも、残飯運びを始めてから二週間が過ぎ、梅雨明けもそろそろかという今になっても、お初の気持ちは晴れぬままでした。初めて製糸部の宿舎を訪れた日以来、お清に会うことができないでいたのです。

残飯を届けに行くと、お千代はいつも応対に出てきますが、相方《あいかた》が毎回変わり、お清は姿を見せません。お千代に訊ねると、「お清は、もう、残飯は卒業だ」と一言。それ以上訊ねようにも、日替わりの相方が咎《とが》めるような目をするので、お千代からは何も聞き出せませんでした。

でも、とうとう、ある晩、お初は堪《たま》りかねて、

「なあ、お千代、近頃、お清はどうしてるかなっす？」

相方が場をはずした隙に訊ねました。

「ああ、お清なら、元気にしてら。案じることたねえ」

お千代が声をひそめます。

「そうか……」

お初はホッとして、

「なあ、ひとつだけ頼まれてくれねえか？」

お千代に耳打ちしました。

「なんだや？」

「うん……」

お初は、ずっと心のシコリになっていたことをお千代に話し、

「おらの薄情を、あいつに謝っといてもらいてえんだ」

深々と頭を下げました。

お千代が急に顔をしかめて、

「うーん、そいつは難しい」

難色を示します。

「なしてさ？　やっぱり、人に知られるとまずいのかい？」

「いや、それだけでなくて、あいつは模範工女候補も板についてきて……」

お千代が言いかけた時――、

「さあ、お千代、そろそろ行くぞ」

相方が戻ってきてしまい、お初は理由を聞きそびれてしまいました。

またもや、お清に謝る機会を逸してしまいましたが、お清が模範工女候補として活躍しているなら、もう、あまり心配することもないような気がします。あのしっかり者のことだから、どんなに辛《つら》いことがあっても、いずれは出世して故郷に錦《にしき》を飾るでしょう。無事に暮らしているなら、それで良いではないか――そう自分に言い聞かせ

ると、なぜだか急に身体から力が抜けていきます。

お初は、ふと、涙が落ちました――。


その翌日は、久しぶりにカラッと晴れ渡った良い天気になりました。

皆が、のんびりと朝の食卓につくと、蛾治助さんが、

「さあて、皆、梅雨もすっかり明けたようだし、あと三、四週間もしたら、いよいよ、おぼこ糸用の夏繭作りに取り掛かるぞ。今日からボチボチ作業の準備を始めるから、食事がすんだら風呂を使って、脱衣所に集まっておくれ」

ちょっと畏《かしこ》まって告げました。

皆もさすがに退屈していたとみえ、室内に陽気などよめきが起きました。早速、浮き足立って、そそくさと食事を掻《か》きこみ、我先にと風呂場に走ります。見違えるように体格の良くなった娘たちの身体が洗い場に溢《あふ》れ、浴場に黄色い声が賑《にぎ》やかに響き渡りました。

「いいかい、皆……」

脱衣所に勢揃いした新工たちを前に、蛾治助さんが咳《せき》払いをして、

「これから養蚕場に案内するが、中には大事な物や壊れやすい物、危険な物もあるので、くれぐれも、走り回ったり勝手にそこいらの物に触れたりしないこと。わしの注

意を聞いて、行儀よくしておくれ」

噛《か》んで含めるように言いました。

「さあ、ついておいで」

蛾治助さんは、一同を率いて脱衣所前の廊下を奥に向かうと、突き当たりの引き戸の鍵《かぎ》を外しました。戸を開けると、中から、すっかり鼻に馴染《なじ》んだ消毒薬の臭いが漂ってきます。皆は、蛾治助さんのあとに金魚の糞《ふん》のように連なって、養蚕場の中に入りました。

入り口を入ってすぐ左側に、幅一間《約一・八メートル》ほどの階段が上に延びています。右手の壁際には、ガラス張りの開き戸のついた薬品棚が置いてあり、中に大小色取りどりの壜《びん》や壺《つぼ》がぎっしり並んでいました。

「わしも消毒をするから、ちょっと待っておくれ」

蛾治助さんが、薬品棚から陶製の霧吹きを取り出し、自分に向かって入念に噴霧消毒を施します。本当に衛生管理が徹底しているのだなと、お初は、感心することしきりでした。

部屋は五十畳ほどの広さの板の間で、新工部屋とほぼ同じ大きさです。入って左手突き当たりに面した所が表玄関。四方の壁の上方にある撥《は》ね上げ窓から陽が射しこみ、室内を薄《うっす》らと照らし出していました。

正面の壁際には、人一人がすっぽり入るぐらいの大きさの、蓋《ふた》つきの木箱がたくさん山積みになっています。手前側、階段下の壁際には、高さ一間、長さ二間半《約四・五メートル》ほどの棚が据えてあり、そこに、大きな鳥籠《かご》らしき物がギッシリ並んでいました。

「正面に積んである箱は、うちで『養蚕箱』と呼んでいる、お蚕さんの飼育箱じゃ。うちの山繭蛾は、普通のお蚕さんとは性質が違うので、こんな特別な箱で飼っている。そっちの鳥籠みたいなのが、種用の母蛾を入れておく虫籠じゃ。明かりをとても嫌う奴らなので、飼う時はそこに重ねてある布を掛けておく」

と、棚に置いてある黒い布切れの束を指差しました。

蛾治助さんの説明に、新工の一人が、

「養蚕箱についてる名札みてえのは、なんだべ？」

首を傾げます。

「うん、養蚕箱は工女一人が一個の割り当てになっていてな、いったん箱の中でお蚕さんが孵《かえ》ったら、ひとりひとりが各自、責任を持って最後まで育てあげるんだ。名札には担当した工女の名前と、飼い始めた日付を書きこむことになっておる」

「ふーん、一人一箱制かあ。でも、なんか、棺桶《かんおけ》の山みてえだなあ」

訊《たず》ねた新工が冗談を言って笑うと、皆もギャハハと馬鹿笑い。でも、お初は、どうも笑う気になれませんでした。今は大勢揃っているから平気ですが、夜に一人でこの部屋に入ったりするのは、さぞ不気味だろうという気がします。箱を開けようものなら、中から蛾のお化けが覗《のぞ》いていそうで、お初は身震いしそうでした。

「蛾治助さん、あの部屋はなんなのかの？」

別の新工が、入って正面突き当たりを指して訊ねました。

そこには、造作の新しい開き戸があり、あとから建て増ししたとみられる部屋に続いています。部屋の扉には四寸《約十二センチ》角ほどの閂《かんぬき》が下り、ちょっと物々しい感じがしました。

「あれは、養蚕紙をしまっておく保冷庫、つまり氷室《ひむろ》じゃ」

「養蚕紙って？」

お静が首を傾げます。

「お蚕さんが卵を産みつけた紙のことじゃよ。卵は涼しい所に置いておけば孵らんから、一年寝かせて翌年の夏繭作りに使う。今、保存してあるのは昨年作った分で、あともうちょっとしたら、温かい場所に移して孵化《ふか》させて、これから使う親蛾に育てるのじゃ。扉を開けっぱなしにすると、保冷用の氷が溶けて、とんでもない時に卵が孵ってしまうから、お前さんらは入ってはならんぞ」

蛾治助さんは、そう念を押すと、皆を二階に案内しました。

急な階段を上がると、そこは、一階と同じような造りの部屋でした。ただ、一階に比べて、細々した備品が多く、いささか雑然とした感じがします。

階段を上がりきった突き当たりには、一階にあったのと同じ形の整理棚に、医者が使うような道具が雑然と並んでいます。白磁の皿や小鉢、壺、天秤秤《てんびんばかり》、薬草をすり潰《つぶ》す薬研《やげん》や擂《す》り鉢……。棚の脇には、分銅《ふんどう》秤も置いてありました。

部屋の真ん中には、人ふたりが優に寝転がることができる大きさの木製の台が三つ並んでいます。蚕の餌の桑の葉を敷き詰める養蚕台にも見えますが、部屋の中には桑の葉は見当たりませんでした。部屋のいちばん奥には、事務机の三倍はある大きな机が置かれています。机上には、棚に並んでいるのと同じような道具が乱雑に散らばっていました。

――なんだか、ずいぶん散らかってんなあ。

お初は、呆《あき》れながら、何気なく周りを見回しました。

思わず、正面の壁に目が釘《くぎ》づけになります。

――あ、あれは……。

お初は、誘われるように、壁の前へ歩いて行きました。

壁に三段に取りつけられた差し渡し二間半《約四・五メートル》ほどの横木に、見目《みめ》鮮やかな生糸の束がいくつも掛かっています。色合いや艶《つや》はバラバラですが、どれも虹色《にじいろ》の光沢を放ちながら、燦然《さんぜん》と輝いていました。

お初が見惚《みと》れていると、他の新工たちも群がってきて、

「うわー、綺麗《きれい》だなー」

感嘆のため息を洩《も》らします。

「ふふ、どうだ？　見事なもんじゃろう」

皆の反応に、蛾治助さんは、満面に笑みを浮かべ、

「それは、おぼこ糸の見本じゃ。製品の質を向上させていくための参考に保存してある。それを分析して、その内容を年ごとの作業記録などと照らし合わせながら、目標の糸質を目指す目安にするのさ」

得意そうに告げました。

「ふえー、おぼこ糸が、こったら凄《すげ》え代物だとは、知らねかった！」

お咲が素《す》っ頓狂《とんきょう》に叫びます。お初も、皆と一緒にウンウンと大きく頷《うなず》きました。

「うむ、お前さんらが見たのは、おそらく、形見のおぼこ糸だと思うが、あれは売り物にならん端切れじゃから、比べ物にならん。あんな物では、おぼこ糸の本当の凄《すご》さはわからんよ。ここに並んでいるのも、まだ絹糸に精製しとらん物ばかりだから、織物になったのを見たら、腰を抜かすじゃろう」

蛾治助さんの説明に、新工たちが、夢見るようにおぼこ糸を見つめます。

「ああ、ええなあ。これで仕立てた着物を着て、街の目抜き通りを練り歩いてみて

―」

お咲がうっとりした声で呟《つぶや》きました。

「うーん、おぼこ糸は超高級品だから、下々《しもじも》の者には高嶺《たかね》の花じゃ。それに、海外からの引き合いで、ほとんどが国外に出て行ってしまうので、国内ではなかなか手に入らないんだ」

蛾治助さんが苦笑いします。

「ふえー、そうだったのけ！」

一同は、驚きの声をあげました。自分たちの作った糸が、はるばる海の向こうへ旅するのかと思うと、感慨もひとしおです。

「そうだよ、お前さんらが丹精こめて育てるほど、お蚕さんは美しい糸を吐く。そして、その糸は、遠い国の人たちをも、ビックリ仰天させるんだ。だから、お前さんがたは、それを誇りにせにゃいかん。都会の端《はした》はもちろんのこと、深窓の佳人にだって真似できない大事な仕事だ。しっかり精出しておくれ」

蛾治助さんの言葉に、皆は大感激！

「任せといてござい！」

元気の良い返事が、部屋に響きました。

「あんれ？」

お静が、ふと呟いて、

「蛾治助さん、そこに転がってるのも、おぼこ糸け？」

壁際の床を指差します。

埃《ほこり》にまみれた糸の束が、無造作に放り投げられていました。壁に掛かっているものと違って光沢もなく、色も黒っぽくくすんでいます。

「ああ、それは、ペケ糸と言ってな、できの悪い二級品じゃ。まあ、それでも、そこいらの家蚕の繭からできる生糸よりは、よっぽど値が良いよ」

蛾治助さんは、つまらなそうに言うと、

「あ、そうだ……」

ふと何かを思い出したように、奥の机のほうに皆を手招きしました。机の抽斗《ひきだし》を開けて、真っ黒い糸の束を取り出すと、

「どうじゃ、皆、この糸をどう思う？」

撥《は》ね上げ窓から射しこむ陽《ひ》の光に翳《かざ》してみせます。

お初たちは、思わず身を仰《の》け反らせました。

「うーん、これも綺麗だけど、なんか、毒々しいな……怖《こえ》ぇぐれえだ」

誰かがポツリと呟きます。お初も、心の中で頷きました。

この糸は、おぼこ糸とは対極の美しさです。漆黒の糸の束は妖《あや》しく青光りして、艶《なまめ》

かしい輝きを放っていました。妖艶《ようえん》な貴婦人が身につける着物や肌着の素材などに、持って来いかもしれません。

皆が恐々《こわごわ》見惚れていると、蛾治助さんは、ニヤニヤしながら、

「ふふーん、お前さんらのようなおぼこでも、この糸の違いはわかるようじゃの。結構、結構」

満足そうに言って、糸の束を抽斗にしまいました。なんだか、子供が、大事な宝物を玩具箱《おもちゃ》にしまうような仕種《しぐさ》です。

お初は、ついおかしくなって、

「蛾治助さん、おぼこ糸は綺麗なんだけんど、この部屋は、ずんぶ汚《きたね》えなあ。まるで、童子《わらす》らが蹴散《けち》らしたみてえだ。養蚕場は清潔第一のはずだろ？　ここは、いったい、何をする所なのかね？」

茶化し気味に、さっきから気になっていたことを訊《たず》ねました。

「ここかね？　ここは、わしの研究室じゃ」

蛾治助さんが大真面目な顔で答えます。

「けんきゅうしつ？」

お初は、ポカンとしました。

「うむ、日夜、ここで、お蚕さんの研究をしとる。いささか散らかってはいるが、こ

の会社の繁栄を支える技の全ては、ここで編み出されている」

蛾治助さんの口調が、急に鯱《しゃっちょこ》張ります。

「ええかね、皆、この会社がこうやって繁盛しているのは、おぼこ糸のおかげじゃ。でも、その糸を吐く山繭蛾《やままゆが》をここまで飼い増やすのは、並大抵の苦労ではなかった。この蛾ときたら、好き嫌いが激しく普通の餌は食べない、オス蛾は気紛《きまぐ》れでメス蛾は気難しいときてるからなかなか番《つが》おうとしない、暑さ寒さには弱い、黴菌《ばいきん》にも弱い、と無い無い尽くしの頼りない奴らだった。糸も、餌によって品質が大きく違ってくる……。そりゃあもう、毎日が試行錯誤の連続だったのさ」

なんだか、急に愚痴っぽい話が始まりました。でも、蛾治助さんは、いつになく興奮気味。

皆は、おかしそうに顔を見合わせました。

「実は、わしは、今でこそこうやって部長職なんぞに就いているが、もともとは、ただの虫好きの乞食《こじき》じゃった。ひょんなことから、ここの社長さんが、虫飼いの才能を認めて拾ってくださったおかげで、こうして自分の特技を活《い》かすことができた。わしの養蚕の技から生まれたおぼこ糸が人心を魅了しているかと思うと、嬉《うれ》しくて背筋がゾクゾクするほどさ。この仕事は天職だと思っとる。してみれば、その職を全うするのは、わしの使命。製品の改良に心血注ぐのは、忘れてはならぬ本分じゃ」

蛾治助さんの演説はますます熱を帯びてきました。

「技を極めるためには、学ばねばならんことが山ほどある。虫飼いの技だけでなく、それをうまく管理するための知識も要る。この養蚕場の衛生管理方法やお前さんがたの健康管理の技術ひとつとっても、山繭蛾の性質を調べあげたうえに、あまたの文献を紐解《ひもと》き、よろずの教えを乞《こ》いして築き上げた、貴重な技術、知的財産である」

である、ときました。皆は、いささか気圧《けお》され気味。でも、蛾治助さんは、お構いなし。

「さっきも言ったが、わしは、おぼこ糸を生み出し、その改良に心血を注いできた。幼い頃からずっと、孤児《みなしご》、虫っ子、虫狂いと蔑《さげす》まれてきたが、ようやく、その苦労が実を結んだ。今では、これまでわしを馬鹿にしていた連中までが、三顧の礼を尽くして、おぼこ糸養蚕の技を乞いに来る。もちろん、企業秘密を明かすことはできんから丁寧にお引き取り願うが、まあ、いくら技を教えたところで、わしの真似ができるような熱心な虫飼いはおらんのだ」

口角から泡沫《ほうまつ》の勢い。目はギラギラ！　お初たちは、仰け反ってしまいました。

一同の啞然《あぜん》とした表情に、蛾治助さんがハッと我に返り、

「あ、すまん。つい、夢中になってしもうた……」

小さくなって俯《うつむ》きます。

皆は、ホッとしました。

――まったく、この男《ひと》は、とんだ職人気質《かたぎ》なんだな。変人扱いされても、仕方ねか。

お初は、呆《あき》れ返る反面、蛾治助さんの仕事熱心さに、畏怖《いふ》のようなものを覚えました。ここの繭作りには興味がありましたが、こんな執念のお化けみたいな男のもとで、自分が務まるかどうか不安です。

――いんや、お清も製糸部で頑張ってんだ。おらも、しっかり気張らねば！

お初は、そう自分に言い聞かせると、

「んで、蛾治助さん、おらたちは、ここで、どんなことをするのかね？　やっぱり、お蚕さんに桑の葉をやったり、養蚕箱の掃除をしたりするのかな？」

仕事の内容を訊ねてみました。

「うむ、まあ、そんなとこだな。実際に仕事が始まらないと教えようがないが、いったんお蚕さんが繭籠《ご》もりを始めたら、ずっとつきっきりで世話をせにゃいかんほど忙しい仕事じゃよ。何日もこの部屋に籠もって、寝ずの番が続く。だから、今まで、しっかりと英気を養ってもらってきたんじゃ」

蛾治助さんは、そう言って一同の顔を見渡すと、

「とりあえず、手始めは、養蚕場の掃除と消毒をする。中の小物を一切合財表に出して部屋を空っぽにしてから、隅々までピカピカに磨き上げる。そのあと、部屋全体に

熱湯をかけて消毒し、乾かしてから消毒薬を撒《ま》く。養蚕箱や虫籠《かご》もすべて洗浄、消毒じゃ。これを、今日から、何日かに分けて行おう」

皆を階下に連れて行き、養蚕場の正面の戸を開けました。

眩《まぶ》しい朝の陽射しが射しこみ、養蚕場が一気に明るくなります。ようやく、仕事始めの雰囲気になって、皆はウキウキ顔でした。

蛾治助さんが、小物を外に運び出させたり、掃除道具を用意させたり、賄い場から湯を汲《く》んでこさせたりと指示を出します。お静は虫籠の掃除、おトラちゃんは養蚕箱の掃除、お初とお咲は二階のガラクタ整理と、それぞれ仕事を与えられました。

お初とお咲が二階に上がると、蛾治助さんは、

「いいかい、棚や机の上に置いてある物は貴重品ばかりなので、手を触れないでおくれ。中には薬品、薬草の入った甕《びん》や壺《つぼ》もあって、とても危険だからね。お前さんらは、床の上のゴミをそこの木箱に集めて、中のガラクタごと庭先で燃やしてくれればいい」

「はーい」

なにやら細々した物のいっぱい詰まった木箱ふたつを指しました。

お初たちは、言われたとおり、ゴミを箱に集めて外に運び出しました。庭先に箱をひっくり返すと、途端に、辺り一面に黴《かび》臭い埃が舞い上がります。

「ふえー、汚え。まるで鼠の巣みてえだ」

お初は悲鳴をあげました。

「嫌《や》んたなー、なんか変な物がいっぺえ入ってる」

お咲も、思わず仰《の》け反ります。

使いさしの薬草の切れ端、薄汚れた生糸の束、紙屑《かみくず》、垢《あか》じみた布切れ、芽の生えた萎《しな》びた芋、カチカチに干涸《ひから》びた食いかけの握り飯、見たこともない虫や鼠、蛇などの小動物の死骸《しがい》……まだまだあります。

「おい、これを見ろや」

お咲が、ゴミの山を木切れで突《つつ》きながら、眉《まゆ》をひそめました。

「なんだ、童子《わらす》の着物でねか？　いや、待てよ、他にも何か一緒に丸めこんであるぞ」

お初は、黴だらけの着物を木切れで押し開きました。中に、小さな草履《ぞうり》と褌《ふんどし》が入っています。

二人は、顔を見合わせました。

「おい、これ……」

お咲が、また何かを見つけました。

歯の欠けた櫛《くし》に簪《かんざし》、足袋《たび》が片方……。

「なんか、嫌んたな……」

お咲が、気味悪そうに身震いします。

「他に、何があるかな？」

お初が、怖い物見たさで、さらにゴミの山を突こうとすると、お咲が、

「いいから、もう、燃してしまうべよ」

慌てて、お初の袖《そで》を引きました。

「んだけど、なんか、気になるでねか」

このまま燃やしてしまうのも後味が悪いような気がします。お初は、お咲の止めるのも聞かずに、木切れをゴミの山に突き刺しました。

「こりゃ、お前さんら、何をモタモタしとるんじゃ？」

背後から、いきなり声がして、

「ヒェッ！」

お初は、思わず、お咲に抱きつきました。

「なんじゃ、なんじゃ、何をそんなに驚いてる？」

振り向くと、蛾治助さんが目を丸くしています。

お初たちがドギマギして、

「ご、ごめんなさーい、勘弁してござい！」

ペコペコ頭を下げると、

「変な娘《こ》らだなあ、いったい何を謝ってるんじゃ？」

蛾治助さんは、呆れ顔で訊《き》きました。

「だ、だって……」

お咲が口ごもったので、お初がゴミの山を指差し、

「あんな物が入ってたすけ、童子《わらす》の首っこでも出てきやしねえかと……」

オズオズと答えます。

「はあ？」

蛾治助さんは、ポカンと口を開けました。ちょっとの間、目を瞬《しばたた》かせていたかと思うと、いきなりプッと吹き出し、

「やれやれ、お前さんらは、ほんまに想像力が逞《たくま》しいのう。いいかい、それは、以前、下働きに来ていた近所のオバンの子のものじゃ。誤って危険な薬品を服にこぼしてしまったので、捨てさせて新しいのを与えたんじゃ」

大笑いしました。

「近所の子……」

なんとも、とんだ道化者。二人はしょんぼり。赤くなって俯きます。

「わかったら、くだらんことを考えとらんで、仕事じゃ仕事じゃ。早くせんと、昼飯

を食いそびれるぞい」

「はーい」

二人が情けない返事を返すと、蛾治助さんは、懐手をしてブラブラと他の娘たちのほうへ行ってしまいました。

「ほれ見ろ、あんたが、さっさと燃しちまわねえから、叱られちまったでねえか」

お咲が決まり悪そうに文句を言います。

「なに語ってるだ、あんたがビクビクしてっからいけねんだ。人のせいにすんでねえ」

お初がプイッとそっぽを向いた時――、
宿舎のほうから、ふうわりと風に乗って、だし汁の美味《うま》そうな匂いが漂ってきました。

お咲がハッとして、

「今日の昼飯は……」

「キツネうどん！」

と、お初。

「食い逃しちゃ、大変《てえへん》だ！　急ぐべし！」

二人は、蛾治助さんから預かったマッチで、そそくさとゴミの山に火を点《つ》けました。

ゴミがブスブスと燻《いぶ》りだし、やがて、ボッと勢い良く燃え出します。

炎の中で、子供用の着物に染みこんだ脂がジュウジュウと嫌な音をたてました——。

ハ

新工が五十人以上もいると、仕事はあっと言う間に進みます。

養蚕部屋の掃除は一週間後に終わりました。

普通の掃除ならもっと早くすんだのでしょうが、部屋の床から天井に至るまですべてを入念に洗浄し乾かし、さらに熱湯消毒して再度乾かし、最後に消毒を三回に分けて行うという念の入れようですから、皆が想像していたよりずっと手間がかかりました。棚や養蚕箱や虫籠にも同じぐらいの労力を費やし、作業がすべて完了した時には、養蚕部屋はピッカピカ。新工宿舎よりも清潔なほどでした。

「上出来、上出来、良くやった。これで、安心して種蛾の孵化《ふか》を始められるぞ」

部屋の中を検《あらた》めながら、蛾治助さんが満足そうに微笑みます。

新工たちは、その表情にホッとため息をつきながら、額の汗を拭《ぬぐ》いました。

「蛾治助さん、種蛾の卵を孵《かえ》らせるのは、いつ始めるんだい？」

実家でお蚕さんを飼っているという新工が、保冷庫の扉を見ながら、興味津々で訊きます。

「うむ、早速、明日から始める」

蛾治助さんが言うと、新工は、

「おらは、お蚕さんの扱いには慣れてっから、任せてござい」

胸を張りました。

「うーん、せっかくじゃが、これはわしの仕事じゃ。お前さんがたにやらせるわけにはいかん。卵を孵らせる時の温度管理や薬品処理などは、細かい技が要るんで、素人には無理じゃ。まあ、またちょっとの間、骨休めしていておくれ」

蛾治助さんがのんびりと告げると、新工が不満そうに、

「えー、またかー、おら、せっかく張り切ってたのになー」

舌打ちします。

「まあ、そう言いなさんな。前にも説明したとおり、いったん繭作りが始まったら、休みたいと言っても休ませるわけにはいかんぐらい、忙しくなる。そりゃあどえらいキツイ作業になるから、覚悟しといたほうが良い。お前さんは、お蚕さんの世話が得意なようだから、今から頼りにしているよ」

蛾治助さんに諭され、新工は納得したように頷《うなず》きました。

「卵を孵らせてから、番《つが》い終えた母蛾の用意が整うまでには、普通の家蚕《かさん》なら一ヶ月

は優にかかるところだが、うちの山繭蛾は成長が速いので二、三週間で準備が整う。早ければあと二週間ほどで、仕事にかかってもらうことになる。わかったね？」

「はーい！」

「よし、それでは、今日はこれまで。ひとっ風呂《ぷろ》浴びて、ゆっくりしておくれ」

蛾治助さんに促され、一同は養蚕部屋から脱衣所に抜け、そのまま風呂を使いました。作業場から、そのまま風呂に直行できるのですから、便利この上ありません。

お初とおトラちゃんが背中の流しっこをしていると、お静が、ちょっぴり栄養状態の良くなった身体を擦《こす》りながら、

「お初、おトラ、今日も残飯運びけ？　毎日、ご苦労だな。おらなんか、仕事がすんだら、もうクタクタだ。とても、あんたらみてえな元気は残ってねえっちゃ」

何気なく話しかけてきます。

お初は、ドキッとして、

「いんや、なんも辛《つら》いこたねえよ。おら、身体を動かしていられれば楽しい口だから」

努めて明るい声で答えました。

「うん、あたいも楽しい！」

おトラちゃんがニコニコして相槌《あいづち》を打つと、お静が、

「そりゃあ、あんたは、毎日、お千代に会えるからいいけどが……」

それとなく言葉を濁します。

お初は、なんだか気詰まりになって、

「さあ、おらは、もうさっぱりした。先に上がってるからな」

逃げるように風呂場を出ました。

——お静ったら、いまだに、おらのことを心配《しんぺえ》してくれてる……。

お初は、心の中で、お静に頭を下げました。

長いつきあいだけあって、お静とお咲は、お初がお清に抱いている負い目を、とっくに見抜いていました。そして、事あるごとに、あまりそのことを気に病まないほうが良いと、それとなく仄《ほの》めかし慰めてくれていたのです。

お初には、二人の心づかいは、この上もないほどありがたいものでした。でも、気持ちは気持ち。そう簡単に割り切ることはできません。この胸の痞《つか》えは、お清に謝罪するまでは、ずっと消えないような気がしていました。養蚕部の仕事が始まってからも残飯を運び続けているのも、そのためです。毎日、残飯を持って製糸部宿舎を訪ねるのは、お初なりの罪滅ぼしでした。

お初は、新工部屋へ戻ると、旦那《だんな》さんのお屋敷に面した窓の脇に腰掛け、風呂で火照った顔を、夕暮れ時の涼風に当てました。工場のほうから吹いてくる風は煮繭の臭いがしましたが、もうこの臭いにも慣れっこです。お清の体臭だと思えば、へいちゃらでした。この一週間、適度に身体を動かすことができたので、胸の中はわりとスッキリしています。お初は久々に寛《くつろ》いだ気分で、ぼんやりとお屋敷を見下ろしました。

何気なく縁側に目が行き、

——あれ？

ふと、首を傾げます。

以前、虱《しらみ》騒動の時に見かけた若い男の人が、縁側に腰掛けて物憂げに足元を見つめていました。浴衣《ゆかた》から覗《のぞ》く透けるように白い肌に、夕焼けが鮮やかに映えています。

——あの男《ひと》は……。

どこか見覚えのある顔だなと思いながら見惚れていると、

「あ、若旦那さんだ」

後ろで声がします。

振り返ると、お咲が、ウットリしたような目で男の人を見つめていました。

——若旦那さん？　あの男は旦那さんの息子さんか？　どうりで……。

良く似た親子だと感心していると、お咲は、

「ねえ、お初、どうだい、あの男《ひと》？」

今にも涎《よだれ》を垂らしそうなしまりのない顔で訊《たず》ねました。

「どうって、何がよ？」

お初が怪訝《けげん》そうな顔をすると、お咲は、

「ああ、あんたって人は！どうしてこうも察しが悪いんだろう。男前だと思わないかって訊《き》いてるのっす」

もどかしそうに身を捩《よじ》ります。

――ははあ、そういうことか。

お初は思わず苦笑しました。

「あや？　何がおかしい？」

お咲が横目で睨《にら》みます。

「おかしいも何も、あの男《ひと》が本当に若旦那さんなら、男前もクソもねえべさ。工女が会社の御曹司《おんぞうし》にホの字になって、どうすんの？　悪いこた言わねえ。忘れちまえ」

「はーん、そんな身も蓋《ふた》もないこと、言わんでくんろ。切なくなってしまうでねえか。叶《かな》わねえからこそ募る思いを、どうしてわかってくんねえの。この野暮助」

お咲は、すっかり、悲恋物語のひろいんになりきっていました。おそらく、賄いのオバさんか誰かから情報《ネタ》を仕入れたのでしょう。訊ねもしないのに、若旦那さんの話をあれこれ話して聞かせてくれました。

若旦那さんの名前は、瓜生二成《ふたなり》。旦那さんの長男です。歳は十八で、旦那さんの実家のある港町で、つい最近まで学生さんをしていたとのこと。生まれてすぐに母親が産後の肥立ちが悪くなって死に、兄弟姉妹はありません。学校での成績は優秀で、末は博士か大臣かと、周囲から将来を嘱望されていたらしいのですが、いかんせん、家業の跡取りは自分しかいません。余計な志をきっぱりと捨て、数日前に蚕喜村に戻ってきたのだそうです。

お咲は目をキラキラさせながら、

「前に帰《けえ》ってきた時に、旦那さんと話し合って身の振り方を決めたんだってよ。一緒に来てた異人さんは、旦那さんと古くからつきあいのある生糸商人でな、三人でこれからの事業展開ってやつについて協議したんだってさ。ああ、お若いのに、ご立派だよねえ。あったら上品な優男《やさおとこ》が、こったら田舎で家業を手伝おうとするなんて、見上げたもんだよ。おらが自由の身なら、トコトンどこまでもついて行くんだがなあ」

鼻息を荒らげます。もう、すっかりぞっこんのようでした。

「やれやれ、ばっかばかしくて、見てらんねえ。ひとりで逆上《のぼ》せてろ」

お初は呆《あき》れ果てて、座敷へ戻ろうと立ち上がりかけましたが、

「あ……婆さんだ」

お咲の声が裏返ったのを聞いて、ふと振り返りました。

見ると、小柄な老婆が若旦那さんの脇に座り、何か話しかけています。老婆は、小

ぎれいな絣《かすり》の着物姿で、髪もキチンと結い上げた上品そうな風貌《ふうぼう》でした。枯れたような痩身《そうしん》で顔も皺《しわ》が目立ちますが、とても姿勢が良く、正座した背筋もピンと伸びています。目元、口元がキリリと頑固そうで、かなり取っつきにくそう。よほどしっかりした育ちの女性だと、ひと目でわかりました。

「あれは、若旦那さんの乳母だ。若旦那さんは、おっ母さんがいねえから、昔から、つきっきりでお世話してきたんだと。旦那さんの実家はここいらの御領主様の家系で、あの婆さんは、そこに代々仕える召使いの血筋らしい。ツンとしてて、いけ好かねえっちゃ」

お咲が憎々しげに顔をしかめます。

「あはは、あんた、あの婆さんにヤキモチ焼いてんのけ？　まったく世話ねえな」

お初が笑うと、お咲は、プッとふくれて、

「言ったなー。こいつめ、こうしてやるー」

お初を捕まえて、腋《わき》の下をくすぐり始めました。

「ほーれ、こちょこちょー！」

「きえー、やめてけれー！」

くすぐったがりのお初は、大口を開いて喚《わめ》きました。

「ひえー、やめろ、やめろー！」

「あっ！」

いきなり、お咲がピタリと手を止め、

「若旦那さんが、こっちを見てる！」

恥ずかしそうに、頬を染めます。

見ると、確かに、若旦那さんが、こちらを見上げていました。

「あれー、おらを見て、微笑んでる。嬉《うれ》しー！」

お咲が、両の袖《そで》で顔を隠しながら、身を捩ります。

そのうちに、若旦那さんは、スッと立ち上がって、婆さんと一緒に、奥へ引っこんでしまいました。

お咲は、もう、有頂天。

「お初、あんた、見たよな？　若旦那さん、おらば見てニッコリしてたべ？」

口から唾《つば》を飛ばさんばかりの勢いで訊きます。

「うん、見た。ニッコリしてた……」

お初は、言いながら、なぜか、自分まで頬が火照っているのに気がつきました。まるで、燻《くすぶ》っていた熾《おき》がポッと勢いを増したよう……。胸の内がくすぐったいような気がして、思わず咳《せき》払いをしてごまかします。

お初が、戸惑いを覚えながら、お屋敷の縁側から目を逸《そ》らした時、

「新工ども、夕飯だぞぇー」

階下から賄いのオバさんの声がしました。

瞬時に、それまでの、もやーっとした妙な気分が消え去ります。久々に目いっぱい働いたので、もう、お腹はペコペコ。食事が美味《おい》しく頂けそうでした。

お咲も、今さっきまでの色気顔はどこへやら、食い気満々で、

「さあ、飯だ、飯だ。もう、腹ペコだー」

お初の手を引きます。

二人は勇んで、階下に下りました。

今日のおかずは、天麩羅《てんぷら》、鶏肉《とりにく》いっぱいの煮しめ、特大の玉子焼き！　もう堪《たま》りません。

「いっただきまーす！」

お初は、食卓につくなり、特大玉子焼きにかぶりつきました。

「あ、お初ってば、薬を飲むの忘れてる！」

横からお静が注意します。

「あっ、いっけねえ」

お初は、慌てて、ウグイス色の丸薬を口に放りこみました。

その瞬間――、

「うっ！」

いきなり、口中にビリリと痺《しび》れがきて、お初は、思わず丸薬を吐き出しそうになりました。これまでも、この薬を飲む時はいつも、舌先に軽い痺れを感じていましたが、今日のは凄《すさ》まじく強烈です。でも、蚕病防止のための大事な薬を吐き出したりしたら、蛾治助さんに大目玉を食らいます。お初は、グッと堪えて、味噌汁《みそしる》と一緒に丸薬を喉《のど》の奥に流しこみました。

きっと、凄まじい顔をしていたに違いありません、お咲が、煮しめのコンニャクを口の端からブランとぶら下げたまま、

「どうした、お初？」

怪訝《けげん》そうに首を傾げます。

「うー、なんか変だ。薬を飲んだら、口ん中がジーンと痺れちまった。あんたらは、なんともないのけ？」

お初は舌をベロベロさせながら訊《き》きました。

「ううん、なんともねえ」

「あたいも」

「おらも」

周りは皆、ケロッとしています。

「おかしいなあ……」

お初は、首を傾げると、味噌汁で口中をすすいでみました。

――うーん、少し、落ち着いたかな？

完全にとはいかないまでも、痺れがとれました。その調子で、何度か口をすすいでいるうちに、ほとんど気にならないほどまでに回復します。それ以上、異常が起こらないようなので、お初は、そのまま食事を続けました。

「さあ、お初っちゃん、残飯届けに行こうよー」

食事がすむと、おトラちゃんが促しました。

「よっしゃ」

お初は、おトラちゃんと賄い場へ行き、残飯の処理を始めました。

今日は、ほとんどの新工が食事をきれいに平らげてしまったので、残飯の量があまり多くありません。お初は、おトラちゃんと鼻歌を歌いながら、のんびりと包丁を動かしました。

材料を半分ほど処理し終えた頃です、お初は、口中にさっきの痺れがぶり返してきたような気がしました。

――おかしいな、まただ……。

舌先で口中をまさぐってみると、今度は、唇まで痺れています。

──あれれ、前よりひどくなっている。困ったな……。

そう思いながらも、手を休めるわけにもいかず、残飯を刻み続けます。そのうちに、背筋にゾクリと寒気を感じました。喉もチクチクします。不快感を取り除こうと咳払《せき》いしているうちに、コホコホと本当に空咳が出始めました。

──あやー、風邪でもひいちまったのか？

そんなことを考えているうちに、手元が狂って、包丁が指先を掠《かす》ります。ヒヤリとして指を切らなかったかどうか確かめ、今度は、ウッと呻《うめ》き声を洩《も》らしました。指先まで痺れています。これは、ただ事ではありません。

──さっさと仕事をすませて、蛾治助さんに診てもらわなきゃ……。

お初は、大急ぎで残飯を処理すると、おトラちゃんを急《せ》かして、製糸部宿舎に向かいました。でも、そうこうするうちにも、症状はどんどんひどくなっていきます。コホンコホンと咳が止まりません。顔が熱っぽく浮腫《むく》んでいるような感じがします。そのうち、手足が猛烈に痺れてきました。悪寒が全身を駆け巡ります。喉の奥まで痺れたようになって、息が苦しくなってきました。

ようやく宿舎の前に辿《たど》り着いたと思ったら、提げていた桶《おけ》が手から滑り落ち、残飯をその場にぶちまけてしまいました。おトラちゃんがワッと叫んで、脇に飛び退きます。お初は、よろけながら、喉を掻《か》き毟《むし》りました。

喉がふさがって、息ができません。助けて、と叫ぼうとしましたが、舌が痺れて呂律《ろれつ》が回りませんでした。とうとう完全に息が詰まり、目の前がチカチカと斑《ぶち》になります。膝《ひざ》がガクガクして立っていることができません。お初はグラリとその場に転げると、激しく身体を痙攣《けいれん》させせました。

「お初っちゃん！」

おトラちゃんが慌てて取り縋《すが》り、

「誰か来て！」

大声で叫びながら、お初を抱き起こそうとします。

「どけっ！」

不意に鋭い声がしたかと思うと、誰かが脇から飛んで来て、おトラちゃんを押しのけました。お初をもう一度仰向《あおむ》けにして首の後ろに手を差し入れると、ぐいと後ろに反らせるようにして持ち上げます。そして、掌《てのひら》でお初の顎《あご》を押すようにしながら口を広げさせて、

「しっかりしろ！　くたばっちゃなんねえぞ！」

耳元で叫びました。

——そ、その声は……？

白目を剝《む》いて気を失う瞬間、かすんだ視界の端に、お千代の必死な顔が見えました

──。

……遠くで、人の話し声がしています。耳に水が入った時のような、くぐもった響き……何を話しているのかさっぱり聞き取れません。まだるっこしさに抗《あらが》うように懸命に耳を澄ますと、話し声は次第に鮮明になりながら耳元に迫ってきました。

「……助かったのは何よりだった……前に同じことがあった時は、手の施しようもなく死なせてしまったものなあ……運が良い娘じゃ……」

……一人は旦那《だんな》さんです。

「……へえ、たまたま近くに居合わせた新工が、応急処置の仕方を知っていたのです……以前、妹がスズメバチに刺された時に、大人が処置しているのを見て、同じようにしてみたらしい……どちらもあれるぎーによるもので、症状が同じだから、適切な判断だった」

……もう一人は、蛾治助さん。

「あれるぎーなあ……何がいけないんじゃ？」

……何やら、わけのわからぬ話。ぼんやりと聞き流します。

「はあ、正娘丸《せいじょうがん》が、身体に合わん性質《たち》なのではないかと……。そろそろ養蚕場の仕事を始める予定なんで、先日から、効き目の強いのを娘らに与え始めたんですが、それで一気に症状が出てしもうたのでしょう。とりあえず毒消しを飲ませて命は取り留めましたが、一旦《いったん》こうなると、もう、あの薬を与えることはできません」

「どうにかならんのかの？　身体が正娘丸に馴染《なじ》まんのでは、おぼこ糸の仕事はできまい。やはり、ペケ糸か養蚕紙の仕事をやらせるしかないのかね？」

「いえ、この娘は、滅多にない上玉です。ペケ糸や養蚕紙をやらせるにはもったいない」

「ということは、何か手立てがあるのか？」

「ええ、ないこともない。ただ、段取りに少々手間と時間がかかるので、とりあえず、このまま様子を見たい。この娘は丈はあるが身体つきが幼いけえ、まだ当分は月の物も始まらんはずだ。焦ることはない。つまらん仕事をやらせるのは、その時が来たらでええと思いますが？」

「うむ、お前さんがそう言うならそれでもええが、とりあえず、どこに置いておく？　騒ぎの元になるから、新工宿舎に戻すわけにはいくまい？」

「それなんですが、旦那さんのお屋敷に、女中代わりに置いといていただけんもんですか？　お屋敷の雑用などの楽な仕事をさせながら、回復を待つんです」

「おう、それはええ考えかもしれんな。実は、倅《せがれ》の奴、夏繭の季節が近づいたせいか、また例の病気が出て、具合がいまひとつ芳しゅうないんじゃ。毎日、部屋に籠《こ》もったまま、悶々《もんもん》としとる。この娘に身の周りの世話をさせれば、話し相手ができて気がまぎれるかもしれん」

……若旦那さんの……話し相手？

「そうですか、それは願ったり叶《かな》ったりです。では、明日、お屋敷のほうに連れて行きますので、婆さんに話を通しといていただけますか？」

「えかろう、用意させとくで、好きな時に連れて来るがええ」

「へえ、助かります」

「うむ、そいじゃ、待っとるで」

旦那さんが遠ざかっていく気配がして、お初は、薄《うっす》らと目を開けました。

寝台に寝かされています……なんだか、見覚えのある部屋……確か、健康診断を受けた部屋……。蛾治助さんがこちらに小さな背を向けて、洗面器の中の手拭《てぬぐ》いを絞っていました。

「蛾治助さん……」

お初は、寝台に身を横たえたまま、蛾治助さんに声をかけました。

蛾治助さんが、ハッとして振り向きます。

「おお、目が覚めたか？」

「面倒かけちまって、すんません」

お初が謝ると、蛾治助さんはニッコリ微笑んで、

「謝ることはない。お前さんのせいじゃない」

お初の額に絞った手拭いを載せてくれました。

「今、旦那さんと話してるのを聞いちまったよ。おら、もう、養蚕場の仕事はできんのかね？」

「何だ、聞いとったんか？」

蛾治助さんが苦笑いします。

「へえ、盗み聞きするつもりはねかったんだども……」

お初が目を伏せて口ごもると、蛾治助さんは、お初の頭を撫《な》でながら、

「心配することはない。しばらく養生して元気になりさえすりゃ、皆と同じ仕事ができるようになるさ。前にも同じことがあったんで、何がいけんのかは、だいたいわかっとるんじゃ。少々根気が要るが、きっと治してやるから、わしに任せとき」

自信ありげにニヤリと笑って見せました。

「ありがとさんです」

「ふん、礼ならお千代に言うがよいさ。あれが機転を利かさなんだら、手遅れになるところだった。ほんに間一髪よ」

「やっぱり、おらを助けてくれたのは、お千代だったのっすか？」

「ああ、お前さんが助かったと聞いて、喜んどったぞ。命の恩人じゃ。今度会ったら、饅頭《まんじゅう》のひとつでも、袂《たもと》に放りこんでやるとええ」

お初が頷《うなず》くと、蛾治助さんは、

「しかし、さっき旦那さんとも話し合ったんじゃが、もう、お前さんを新工部屋に置いておくわけにはいかんようになってしもうた。この騒ぎで他の者が怯《おび》えているし、お前さんもすぐには普通の暮らしはできんじゃろうからな。身体が元通りになるまで、当分の間はお屋敷で面倒見てもらえ。わしも、日に一回は様子を見に行くようにするが、具合が悪うなったりしたら、すぐに知らせるんだぞ」

いつになく真剣な顔で告げました。

「残念じゃろうが、もう、残飯処理係もお仕舞いじゃ。まあ、じきに夏繭作りが始まるので、養蚕部も大忙しになる。新工らは、養蚕場に籠もりっきりになることが多くなるので、残飯処理どころじゃないわい」

「そうですか……」

お初は、ため息を洩《も》らしました。残飯処理も夏繭作りもお預け。情けない話です。

「まあ、そう、気を落とすな。元気になったら、ちゃんと元は取らせてもらうさ」

蛾治助さんは、そう言って、屈託なく笑いました。

「うん、おら、頑張るで、見ててござい」

「そうか、良い子だ。さあ、わかったら、もう寝ろ」

「はい」

蛾治助さんに言われて、お初は素直に目を閉じました。まだ気分は最悪で、何をする気力もありません。でも、蛾治助さんが励ましてくれたおかげで、気がだいぶ楽になりました。

とりあえず養生していれば、そのうち仕事に戻れる——そう考えているうちに、お初はスーッと夢の世界に誘われました。

夢の入り口に、なぜか若旦那さんが現われて、ニッコリ微笑みました。

九

新しい暮らしは、とても静かなものでした。

新工部屋のように上げ膳《ぜん》据え膳ではありませんが、仕事はほとんどありません。賑《にぎ》やかな仲間がいないので、楽しい遊びもお喋《しゃべ》りもできませんが、そのぶん、苛《いじ》めあいも喧嘩《けんか》もない、欠伸《あくび》が出るほど穏やかな生活でした。

お初は、蛾治助さんからお屋敷勤めの話を聞かされた時、行儀も知らない自分に果たしてそんな仕事が務まるのかとおっかなびっくりでした。

丸薬の副作用で倒れた翌日、蛾治助さんにおぶわれて屋敷に連れて来られたのですが、前に見かけた婆やに、開口一番、

「この家には、この家の流儀がある。くれぐれも粗相のないように」

と、いきなり釘《くぎ》を刺され、目眩《めまい》がいっそうひどくなったほどです。

でも、何日かするうちに、身体が回復し、徐々に仕事を始めてみると、それもただの取り越し苦労だとわかりました。

旦那《だんな》さんの暮らし向きは、事業を営んでいる人物にしては質素なものでした。お屋敷に暮らしているのは、旦那さんと一人息子の二成さん、そして、婆やの三人だけです。お客さんの出入りは皆無でした。

旦那さんは仕事が忙しくて、ほとんど家にいることがありません。日の出とともに起きだして朝食をすませると、すぐに工場へ出かけ、夜更けにならないと戻ってきません。逆に、二成さんは、都会暮らしで夜型の生活が身についているらしく、夕飯近くにならないと起きてきません。起きても特に何をするわけでなく、ほとんど自室に籠もったまま。でも、思ったより気さくで、一緒にいる時は、お初とも気軽に口をきいてくれます。ただ、学のないお初は、難しい話題を持ち出されても話についていけなくて困りました。それでも、二人と顔を合わせるのは、一日のうちのほんの僅《わず》かな時間に限られています。特に気を遣うようなことは、何もありませんでした。

屋敷の中では、婆やが一切合財を取り仕切っていましたが、まるで手のかからない男二人の世話をするだけなので、悠々としたものです。朝食と夕食の仕度をして、旦那さんのお弁当と若旦那さんの夜食を用意すれば、それ以外は掃除と洗濯が少々。あとは、一日じゅう、のんびりと好きなことをするだけ。お初が手伝いをするようになってからは、楽な仕事がますます楽になり、婆やは、すっかり楽隠居のようになってしまいました。

婆やは、お咲の噂話のとおり、代々、偉い領主様にお仕えする家の血筋でした。なかなか気位の高い女性で、身なりも礼儀作法もキチンとしています。でも、実際の仕事に関してはからっきし不器用で、ご飯も満足に炊けません。料理も、工夫のないありきたりな物を並べるだけ。毎日、判で押したように、ご飯、菜っ葉の味噌汁《みそしる》、焼き魚、お芋と豆の煮物が続きます。これなら、新工宿舎の食事のほうが、ずっと豪勢で見栄えもします。なのに、旦那さん親子は、それに不平を言うわけでなく、出された物を黙々と食べるだけ。まるで頓着《とんちゃく》しません。お初は、内心、呆《あき》れてしまいました。

お初は、実家で散々家の手伝いをさせられたので、家事はひと通りこなせます。貧乏暮らしの親の工夫を見て育っているので、婆やよりよほど気が利きました。でも、婆やは、それが気に入らないのか、ちょっとでも余計なことをすると、目くじら立てて怒ります。ある日、婆やがさっに切り捌《さば》いて身がいっぱい残った魚の粗《あら》を、味噌汁に入れようとしたら、「そんな貧乏臭い真似は、止《よ》しておくれ」と一喝されてしまいました。

料理だけではありません。婆やは、旦那さん親子の衣類の繕いも、ろくにしようとはしませんでした。お初が洗濯物の中に穴の開いた足袋《たび》などを見つけて、それを繕ってあげようとすると、「会社社長ともあろうお方にツギハギを着せて、恥をかかせるつもりかい？」と凄《すご》い剣幕。旦那さんたちの衣服が傷んだら、惜しみなく捨てて新しい物に買い替えなくてはいけないとのこと。

お初が、思わず、

「捨てるなら、おらにくんろ。故郷《くに》の父ちゃんに送ってやったら大喜びするすけ」

と頭を下げると、婆やは三角目を据えて、

「冗談じゃない。乞食《こじき》を家に置いているのかと、他人《ひと》様に笑われる！」

と、一蹴《いっしゅう》。

お初は、泣く泣く、まだ充分使えそうな衣類を捨てなくてはなりませんでした。

婆やは、手が荒れるのが嫌らしく、掃除や洗濯はほとんどお初に任せっきりでした。お初が家の中をピカピカに磨き上げることに関しては、一切、文句は言いません。でも、一度だけ、旦那さんの部屋の置物を勝手に磨こうとして、こっぴどく叱られました。

婆やは、牛《べこ》の摩羅《まら》みたいな形の置物を、お初の手からひったくると、

「お前が拭《ぬぐ》い去ろうとしたのは、かの昔、とある殿様のご寵愛《ちょうあい》を受けた稀代《きたい》の歌姫の口紅の跡。これを拭《ふ》いてしまったら、この置物の価値は無になるところじゃった。まったく、物の価値のわからない貧乏人は、始末に負えない」

青黒くなって怒鳴りまくります。

お初には冗談としか思えませんでしたが、婆やは真面目も真面目、大真面目。なんでも、旦那さんの部屋の調度品は書画、掛け軸、小物に至るまですべてが、れあぷれみあ骨董品《こっとうひん》とか呼ばれる高価な品ばかりで、汚い染みとしか思えぬようなものまでが、実は品物の価値を上げる装飾、署名のような役割を果たしているのだそうです。

婆やは、呆気《あっけ》にとられているお初に、

「これは、世界にふたつとない、西洋の冥土《メイド》人形」

とか、

「あれは、今をときめく、さる高名な童画《どうが》家が無名時代に描いた裸婦《ラフ》画」

とか、なにやらいかがわしい品々を指しながら、いちいち値段を告げました。

お初には品の良さはさっぱり理解できませんでしたが、値段を聞いただけで腰を抜かしそうです。これでは、迂闊《うかつ》にそのへんの物に触《ふ》れるわけにはいきません。お初は、部屋の中で埃《ほこり》を被《かぶ》っているガラクタとしか思えないような品の数々を前に、しょんぼ

りしてしまいました。

このような失態がいくつか続いたあと、お初は、ふと、あることに気づきました。婆やが、「この家には、この家の流儀がある」と偉そうなことを言ったのは、要するに、余計なことはせずに言われたとおりにしていれば良い、という意味だったのです。

それ以来、お初は、急にバカバカしくなって、一気にやる気が失《う》せてしまいました。でも、することが無くなってしまうと、自分がただの居候みたいなものだと、どんどん惨めになります。お初は、手持ち無沙汰《ぶさた》になると、庭で草むしりをしながら、新工宿舎を眺めて過ごすことが多くなりました。

お屋敷と新工宿舎は生垣を隔ててすぐ目と鼻の先ですが、新工たちがお屋敷の者と直接連絡を取り合うのは規則で禁止されているので、仲間たちとお喋りなどはできません。それでも、お咲やお静は、いつも同じ時間に、窓際や玄関先に現われては、身振り手振りで近況を伝えたりしてくれました。

ある日、お静が、もうあと二週間ほどで夏繭作りが始まると教えてくれました。まだ二週間もあるので、皆は、手持ち無沙汰でゴロゴロしているようです。お日様が燦々《さんさん》と照る日中でも、皆、眠くて仕方ないらしく、終日、昼寝ばかり。おかげで、最近、目だって太りだす者が増え、お咲など、着物が窮屈で堪《たま》らないとぼやいているとのことでした。

確かに、お屋敷から眺めても、新工たちの体格は目覚ましい向上を遂げていました。もともと大柄なおトラちゃんなど、大関から横綱に昇格といった感じ。お初が抜けても、感心に一人で残飯運びをしているのですが、両手に提げた残飯桶《おけ》が小さく見えるほどです。お咲も丸顔がますます丸く脹《ふく》らんで、まるで十五夜お月さん。のんびり英気を養うのは結構ですが、いざ仕事が始まった時にちゃんと動けるのかと、いささか心配になってしまうほどでした。

それにしても、もうすぐ皆が養蚕場に籠《こ》もりっきりになったら、ますます退屈になるなと、お初は、ため息をつきました。お屋敷勤めも、そろそろ一週間を過ぎ、体調は至って良好です。これで薬が身体に合いさえすれば、まるで問題はなさそうなのにと、お初は悔しくて仕方がありませんでした。

蛾治助さんは、「きっと治してやる」と言ってくれただけあって、約束どおり、毎日、お初の様子を見に来てくれました。初めは、お初の健康状態を診るだけ。そして、一週間が過ぎ、何も問題がないとわかると、次は、検査を始めると言いました。

蛾治助さんは、縁側に胡坐《あぐら》をかいて、お初の勧めたお茶を啜《すす》りながら、

「あれるぎー検査と言ってな、これで何がお前さんの身体に合わないかを調べる」

以前にも耳にしたことのある何やら難しそうな言葉を使いました。

「あれるぎー?」

「うむ、よく、漆にかぶれたり鯖《さば》を食べて中《あた》る者がおるが、あれと同じじゃ。人によって身体に合わんものがある。病気というより性質《たち》の問題だから、原因になる物を摂《と》りさえしなけりゃ、どうもならん」

「でも、肝心の薬が飲めなきゃ、仕事に戻れねんだろ?」

お初は首を捻《ひね》りました。

「いや、正娘丸には百種類近くの成分が含まれているのだが、ひょっとすると、お前さんの身体に合わんのは、この中のひとつかふたつに過ぎんかもしれん。もしそうなら、その成分を取り除いてやれば良いだけの話じゃ。多少効き目に差が出るぐらいなら、差し障りはないと思う」

蛾治助さんが、事も無げに言います。しかし、お初には、百種類近くもの成分を全部調べるのは至難の業のような気がしました。

「んで、どうやって調べるのかなっす?」

お初が首を傾げると、蛾治助さんは、

「うむ、それなんじゃが……」

持参した重箱ぐらいの大きさの木箱を開けました。中には、包帯、サイコロ角ぐらいに刻んだ小さな布切れと油紙、たくさんの小さな試薬壜《びん》、縫い針の束などが入っています。蛾治助さんは、箱の中身をひとつひとつ指しながら、検査方法を説明してくれました。

蛾治助さんによると、あれるぎーの因《もと》を傷口につけたりすると、身体が敏感に反応するので、これを応用して検査が比較的簡単にできるとのことでした。皮膚を針で軽く突き、ここに丸薬の成分を個別に塗り、発疹《はっしん》が出れば、それがあれるぎーを引き起こす物質と判断するのです。この方法なら、身体に大きな損傷を負わさずに、一度にたくさんの成分を試すことができます。根気強く試していけば、原因は必ず突き止められるはずだと、蛾治助さんは自信満々。お初は、医療のことなどまるで知りませんでしたが、研究熱心な蛾治助さんが太鼓判を押すのですから、心強い気がしました。

「いっぺんに全部を調べるのは大変だから、少しずつ試そう。まずは、両方の腕の内側に十箇所ずつ、背中に二十箇所ほど試薬を塗ってみる」

蛾治助さんはそう言うと、早速、消毒ずみの縫い針でお初の腕を軽く突きました。チクリと微《かす》かな痛みが奔《はし》り、芥子《けし》粒ほどの血が滲《にじ》みます。そこへ薬壜に入った丸薬成分に浸した小さな布切れを置き、さらにその上に油紙を置きます。そして、どこにどの成分を使ったかわかるように、帳面に書きとめました。この工程を辛抱強く何回も繰り返し、最後に全体に包帯を巻いて固定します。お初は両腕と上半身全体を包帯で覆われ、まるで大怪我でも負ったような大仰な姿になってしまいました。

「うわー、こっ恥《ぱ》ずかしい！」

お初が顔をしかめると、蛾治助さんが、

「まあ、辛抱、辛抱。このまま一週間ほど様子を見るが、その間は、その包帯を濡《ぬ》らしちゃならんぞ。風呂《ふろ》も入らず、身体を拭く程度にしておけ。あれるぎーの反応が出ると、かなり痒《かゆ》くなるだろうが、掻《か》いたりせんこと。わかったね？」

検査道具を片づけながら告げます。

「蛾治助さん、おら、いつ養蚕場に戻れるかな？」

お初が情けない顔をすると、蛾治助さんは、

「うーん、検査の結果が出るまでは、なんとも言えんのう。でも、お前さんは、いずれ良い仕事をしてくれるはずだ。焦っても仕方がないから、二人でじっくり治そう」

元気づけてくれました。

そうまで言ってくれているのに、甘えたことは言っていられません。お初は、余計なことは考えずに、現状に満足するように努めることにしました。

婆やは、自分の勤めの領分にないものに関しては、案外、ずぼらな人でしたので、お初は、婆やの手のつけない庭仕事などをして、暇な時間をつぶすようにしました。お日様の下でのんびり草むしりしていると、ふと、実家の野良仕事を思い出したりして懐かしい気持ちになったりします。

——ふふ、親の手伝いは不満タラタラだったんだがな……。

お初は、草むしりを楽しんでいる自分に、思わず苦笑してしまいました。

蛾治助さんは、毎日、包帯を取り替えにきてくれましたが、お初が包帯をすぐ泥だらけにしてしまうのに呆《あき》れて、作業用の腕貫《うでぬき》を用意してくれました。

あれるぎー検査を始めて五日目のことです。

近所のオジさんが庭木の手入れにやって来たので、お初は、

「おっちゃん、おらに手伝えることはねえかね？」

と、手伝いを買って出ました。

腰曲がりのオジさんは、

「ああ、それじゃ、高い所の枝払いをしている間、梯子《はしご》を支えていてもらおうかの」

ありがたそうに言ってから、お初の腕の包帯と腕貫を見て、

「でも、お前さん、そげに包帯だらけのくせに、仕事なんぞして大丈夫なのかね？」

小首を傾げました。

「へっちゃらだよ。これは、あれるぎー検査の包帯だから、怪我でも病気でもねえ。心配せんでけろ」

お初が、あれるぎー、などと言う言葉を使ったので、オジさんが目を丸くして、

「ほー、この娘は、たいそう賢いんじゃのう」

とびっくりします。

「えへへ、まあね」

お初は、自慢げに胸を張ってみせました。

お初が、オジさんの打ち払った枝をまとめたり梯子を支えたりしていると、昼頃に、工場の前庭のほうで、以前、虱《しらみ》騒動の虫干しの時に聞いたことのある、ガタガタブォンブォンという自動車の音がしました。

オジさんが、梯子の天辺《てっぺん》から前庭を見下ろして、

「おや、どうやら、客人のようじゃの」

と、呟《つぶや》きます。

ややあって、旦那《だんな》さんがお客さんを連れて屋敷に戻ってきました。前に見た異人さんです。異人さんは、大きな四角い鞄《かばん》を手に、旦那さんのあとについてノッシノッシと玄関口のほうへ歩いて行きます。そして、ふと、新工宿舎の娘たちを見て立ち止まると、ニコリと微笑みました。愛《いと》しむような眼差《まなざ》し。新工をひとりひとり指差しながら、旦那さんに何か話しかけています。見かけは恐ろしいけれども、案外、優しい人なのかもしれません。

二人は玄関に姿を消すと、すぐに、庭に面した座敷に現われ、胡坐をかいた寛《くつろ》いだ恰好《かっこう》で談笑を始めました。婆やが、背の高い硝子《ガラス》製の杯を二人に出し、黒い壜《びん》から赤

黒い飲み物を注ぎます。二人は杯をカチンと合わせると、美味《うま》そうに血の色をした液体を啜《すす》りました。旦那さんが、しきりに、「このわいんは酔い心地が良くて絶品」とか「あかわいんは冷やしても美味い」とか喜んでいるところをみると、その赤い液体は「わいん」という名のお酒のようです。

「おー、気に入っていただけて、嬉《うれ》しいでーす」

異人さんが、こちらの言葉で話したので、お初はびっくりしました。

「わーざわざ持ってきた甲斐《かい》があったというものでーす」

大きな声！　ざっくばらんで気さくそう。ちょっとだけ、工女手配人の福助さんに、雰囲気が似ていました。

「ところで社長さん、近頃、景気はいかがでーすか」

異人さんが、わいんを啜りながら訊《き》きます。

「うん、まあ、ボチボチだね。近頃、おぼこ糸の原料価格が値上がりしているのが、ちょっと厳しい。でも、製品の値も悪くないから、儲《もう》けはそう変わっていない。まあまあってとこでしょう」

お酒を飲んでいるせいなのか、相手の声が大きいせいなのか、旦那さんの声まで普段の倍ぐらいの大きさです。立ち聞きするつもりはないのですが、話が筒抜けでした。

「うーん、それは、あまりよろしくないねー。わたしは、てっきり、儲けがガバガバかと思っていました ー。社長さん、欲がなさすぎだよー」

「まあ、それを言いなさんな。原料は無尽蔵じゃないんだ。わしがあんたのような男だったら、この国の資源は、すぐに底をついちゃうよ」

「あはは、ひどいなー、社長さん。それじゃ、なんか、わたしがとんでもない欲張りみたいに聞こえるね。わたしは、お客の求める物を、右から左に流しているだけよ。売りたい人がいて、買いたい人がいる。わたしは、ただ、そのお助けをしているのよ。そしたら、お金が向こうから勝手にやって来るのよ。これ、わたしのせいじゃないねー」

「ふーむ、羨《うらや》ましい。あやかりたいぐらいだ。でも、その考え方って、ちょっと調子良すぎる気もするなあ」

「いや、まあまあ、一杯どうぞー」

「あっ、こりゃ、どうも！」

何の話をしているのか、さっぱりわかりませんが、二人はとても楽しそうです。いつも物静かに微笑んでいる旦那さんが、声を上げて笑っているのを見るのは初めてのこと。お初は、いささか面食らってしまいました。

お初は、二人が談笑するのを横目に庭仕事を続けましたが、やがて、作業を終えたオジさんが、

「さあ、今日は、ここまでじゃ。後片づけを手伝っておくれ」

お初に、梯子を運ぶ手助けを求めました。

「はーい！」

お初は、オジさんと一緒に梯子を持ち上げました。なかなか重い梯子で手にズシリときます。お初はヨッコラショ、ヨッコラショと掛け声をかけながら、屋敷の裏口のほうへ梯子を運んで行きました。

オジさんが、裏口脇の納屋に梯子を立てかけ、

「よっしゃ、ここに置いておけば邪魔にならんだろう」

額の汗を拭《ふ》きます。

そこへ婆やがやって来て、

「ご苦労さん。また頼みますよ」

と、手間賃を渡しながら、裏口の錠前を外しました。

「へえ、かしこまりました」

オジさんがお辞儀して外に出て行きます。

婆やは裏口にしっかりと錠前をかけ直すと、

「お初や、お客様の接待を手伝っておくれ」

お初についてくるように命じました。

「まったくもう……あの異人さんは大食らいだから、料理の仕度が大変だ」

普段から楽隠居のような暮らしをしている婆やは、ご機嫌ななめでブツブツ言っています。グズグズしていると、またガミガミ言い出しそうなので、お初は慌ててあとに続きました。

台所に入ると、婆やは、お初に、配膳台《はいぜん》の上に並んだ料理の皿を運ぶように命じました。

用意してある料理は、すべてお客様のお持たせ。どれも見たことのない物ばかりです。なんなのか婆やに訊くと、はむとかちーずとかきゃびあとかいう返事が返ってきます。中には、さらみと呼ばれる馬チンのような腸詰めまでありました。どれもこれも鼻に馴染《なじ》まぬ臭いばかりで、お初は息が詰まりそうでした。

「失礼《すんづれい》します」

お初は座敷に料理を運んでいくと、

「いらっしゃいませ」

畳に手をついて、丁寧にお辞儀をしました。

「おっ！」

異人さんが、わいんの杯を口に運びかけた手を止めて、嬉しそうにお初を見ます。

吸いこまれそうな感じのする透けた青い目に見つめられ、お初は、ビクリとしました。

「お初や、こちらは、おぼこ糸の買いつけにいらした、生糸商のヨージノ・フルチンスキーさんだ。ご挨拶《あいさつ》なさい」

旦那《はんず》さんが、酔いで上気した顔でお初を促します。

「初めまして。お初と申します」

お初が名乗ると、フルチンスキーさんは、

「まーまー、そう硬くならないでもいいですよー。仲良くしましょー」

熊手のように大きな手で、おいでおいでをしました。

「へい……」

お初が恐々《こわごわ》、そばに寄ると、フルチンスキーさんは、

「娘さん、あなたは、ここの女中さんですかー？」

酒臭い息を吐きながら訊きます。

どう答えたものか口ごもっていると、旦那さんが代わりに事情を説明してくれました。

「ふーん、あれるぎーとは勿体《もったい》ない。あなたなら、極上の繭を作りそうなのにー」

フルチンスキーさんは、お初の腕に巻かれた包帯を同情的な目で見つめました。

ひと目見ただけで蛾治助さんと同じようなことを言うとは、相当の目利きのようです。さすがは生糸商人だけのことはあると、お初は感心しました。

「うーん、見れば見るほど立派な身体ですねー。肌の肌理《きめ》が細かくて、色艶《いろつや》も良いでーす。健康な証拠ね。見かけは痩《や》せっぽちだけど、骨の形がいいから、そのうちに、つく所にちゃんとお肉がつきますよー。養蚕場に戻ったら、いい仕事してくださーい」

フルチンスキーさんはそう言うと、背広のかくしから外国のお菓子らしき物を取り出して、お初に差し出しました。

「はい、お土産でーす。どうぞ召し上がれ。ばなな飴《あめ》、美味《おい》しいよー」

手渡されたのは小ぶりな胡瓜《きゅうり》ほどの大きさの棒飴で、菜種の花のような綺麗《きれい》な色をしていました。ばなななんて、聞いたことがありません。初めて見る外国のお土産にお初が目を丸くしていると、フルチンスキーさんは、

「さあさあ、遠慮しないで食べてくださーい」

ニコニコしながら勧めてくれました。

なんだか食べるのが勿体ないような気がしながら鼻先に近づけると、熟した果実のような良い香りがします。遠慮気味にチョロッと舌先で舐《な》めてみると、喩《たと》えようもなく濃密な甘さが口じゅうに広がりました。

お初は、口の中が有頂天になって、思わず棒飴にしゃぶりつきました。もう、無我夢中。口いっぱいに頬張りながら舐め回します。味わうほどに唾液《だえき》が溢《あふ》れてきて、口

の周りが涎《よだれ》でベトベト。舌で唇を拭《ぬぐ》っていると、ふと熱い視線を感じます。ハッとして顔を上げると、旦那《だんな》さんとフルチンスキーさんが、感じ入ったような顔でお初を見つめていました。

「うーん、ばなな飴をこんなに元気良く舐める娘さんを見たのは、久しぶりでーす。まったく、気持ちが良いぐらいでーす!」

フルチンスキーさんは、大喜び。感激のあまり抱きついてきそうで、お初は思わず身構えてしまいました。

「この娘さんは、本当に心が綺麗ですねー。近頃は、なかなか、こうはいきませーん。まだ学校も出ていない娘の中にも、こちらの目を気にしいしいばなな飴を舐める者がいる。まったく嘆かわしいことでーす」

フルチンスキーさんが顔をしかめると、旦那さんも、お初を見つめながら、

「あー、本当に、そのとおりなのさ! この娘《こ》のような新工ばかりだと、おぼこ糸の品質も、もっともっと上がるんじゃが……。近頃の娘は、ませ過ぎだ。心身ともに穢《けが》れていない新工を見つけるのは、どんどん難しくなってきている。工女手配人たちも、そこんとこを見透かして、値をふっかけてくる始末。以前は、買い手市場で、上等な娘がいくらでも手に入ったのに……まったく嫌な時代になったものだ」

グイッとわいいんの杯を呷《あお》ります。

なんのことやらわからずに、お初はきょとんとしてしまいました。

フルチンスキーさんが、社長さんのほうへグッと身を乗り出して、

「ねえ、社長さん。なんなら、わたしが外国から新工を集めてきましょうか？　他所《よそ》の国なら若くて安いのがゴロゴロしているよー。おまけに、官憲の目もゆるゆるよー」

旦那さんの杯を満たします。

「うーん、それは何度も考えたんじゃが、蛾治助の奴が、良い返事をせんのでねえ……」

旦那さんは、渋い顔。

「っもう、蛾治助さんは、頭が固いからなー。今時、国産しか駄目なんていう考え方は、通用しないと思うけどなー」

フルチンスキーさんは、お話にならないと言うように首を振りました。

お初は、蛾治助さんの名前が出てきて、おや、と思いました。蛾治助さんの頭が固いとは聞き捨てならない話です。

「いやいや、蛾治助は、あのとおりの変人じゃが、なかなか創意工夫のできる奴じゃよ。わしは虫のことなどわからんから、養蚕部はあいつに任せっきりだ。おかげで、こっちは銭勘定に専念してられる。あいつがおらなんだら、この会社もここまでには

ならなかったはずだ」

旦那さんが蛾治助さんのことを褒めると、フルチンスキーさんは、

「でも、それは、社長さんが、面倒なことを一手に引き受けているからでしょ？　いくら蛾治助さんの技が凄《すご》くても、良い仕事のできる新工がいなければ、おぼこ糸の生産はできませーん。この国は労働者の権利が強くなってきているから、社長さんも、これからますます大変よ。でも、国外から連れてきた新工なら、官憲も見て見ぬ振りだから、気兼ねなくどんどん使えまーす。そういう事情もお構いなしに、国産の新工でないといけないと主張する蛾治助さんは、井の中の蛙《かわず》みたいなものだと思いまーす」

いささか興奮気味で、大声を張り上げながらわいんをグーッと呷りました。赤ら顔をますます赤くして血のような酒をがぶ飲みする姿は、まるで赤鬼です。

旦那さんは、困ったような顔でわいんを啜《すす》ると、

「うんうん、わかったわかった。わしも、蛾治助がもう少し柔軟に考えてくれんかと、いささか不満に思っとったとこじゃ。でも、あいつは職人気質だから、説得するのに少々時間がかかるかもしれん。まあ、そう熱くならんで、気長に構えていておくれ」

いなすように言いました。

フルチンスキーさんが、ハッとして、

「おー、これは失礼しました！　わたし、つい興奮してしまいましたねー。でも、それもこれも、この会社、いや、社長さんのことを心配してのことでーす。社長さんとは古いつきあいだから、他人事《ひとごと》とは思えないのよー」

恥ずかしそうに頭を掻《か》きます。

旦那さんがその様子を見て、

「ねえ、フルチンスキーさんや、仕事の話はこれぐらいにして、例の話を聞かせておくれよ。あの冥土《メイド》人形を作った人形師は、まだ新作を出しておらんのかね？」

ニヤリとしました。

「ああ、そうそう、言い忘れるところでしたー。それなら、もうすぐ新しいのが出ますよー。今度のは、前よりも、もっと精巧らしいでーす。もう、細かいところまで、バッチリとの噂よ！」

「うーむ、そりゃ、楽しみだ！　売り出されたら、すぐに教えておくれ。買い逃したりしたら、えらいことだ」

「だいじょーぶ。任せておいてくださーい。でも、社長さんも、例の物を忘れないでくださいねー」

「え？　なんか頼まれてたっけ？」

「ほら、件《くだん》の童画家よ。あの彼、また裏で裸婦画をやってるって言ってたじゃないですかー。あの男の表の仕事は、さっぱりおもしろくないね。また、裏に手を染めてるって聞いて、もう、待ち遠しくって！」

「おお、それなら、もう手に入れてあるよ」

「えっ、本当？」

「本当だともさ」

「うわー、見せて、見せて！」

二人が、まるで子供のようにはしゃぎ始めます。座敷と続きになっている旦那さんの部屋に行き、ガラクタを手に取って、ああでもないこうでもないと楽しそうに話しだしました。どうやら、お初のことは、すっかり忘れているみたいです。

──あやー、なんだか妙な男《ひと》たちだなあ……。

お初は、呆気《あっけ》にとられてしまいました。でも、せっかくの歓談を邪魔するのは失礼というもの。お初は、二人にお辞儀をして、その場を辞しました。

空いた食器を下げて台所に戻ると、婆やが、台所の隅で、

「ああ、あの客ったら、本当に下品な男だ。あの銅鑼声《どらごえ》を聞いていると、頭が割れそうだよ」

うんざりした顔で、こめかみを擦《さす》っていました。代々、良家にご奉公してきたという自負の強い婆やには、フルチンスキーさんの遠慮のない態度が野卑に見えて、我慢

ならないようです。

「あたしゃ、なんだか具合が悪くなってきた。ちょっと横になるから、あとは頼んだよ」

婆やは、「あの野蛮人め」とか「ケダモノめ」とかブツブツ言いながら、自室に引っこんでしまいました。

確かに、お初も、フルチンスキーさんには、いささか腹が立っていました。蛾治助さんのように仕事熱心な人を井の中の蛙よばわりするとは、とんでもない話。思い出すほどに癪《しゃく》に障って、お初は、プリプリしながら仕事を続けました。

そのうち、台所の入り口にフラリと現われる者がありました。誰かと思えば、若旦那さんです。いつも夕飯近くにならないと、起きてきた例《ためし》がないのに、珍しいことでした。

「あれ、婆やはどこだい？」

若旦那さんは、寝ぼけ眼《まなこ》を擦《こす》りながら訊《き》きました。お初が事情を説明すると、

「あはは、婆やもあの外人にかかっちゃ形無しだな」

苦笑いします。ずいぶんと赤い目をしているので、お初が心配して訊《たず》ねると、

「ああ、昨晩は、夜狩鳥《よがりどり》がうるさくて、よく眠れなかったんだ」

と、大きな欠伸《あくび》をしました。

夜狩鳥とは、この辺りにしかいない夜行性の鳥で、人が寝静まる頃になると、喘《あえ》ぐとも啜《すす》り泣くともつかぬような声で鳴き始めます。新工宿舎で暮らし始めた頃は、新工たちも、「いやらしい声、眠れやしない!」と悶々《もんもん》とした顔をしていましたが、慣れてくると、その鳴き声を聞くたびにクスクス笑いながら、お初には理解できないヒソヒソ話をする者も出てきました。

お初が、若旦那《わかだんな》さんが夜狩鳥をうるさく思うのは、まだ都会の暮らしから抜けきっていないせいだと思い、

「大丈夫ですよ。あんな鳴き声、じきに慣れるっす」

と、鳴き声を真似て笑ってみせると、若旦那さんは何やら困ったように曖昧《あいまい》な苦笑を洩《も》らし、

「ま、夜狩鳥はどうでも良いんだけどね、さっき、お前さんまで、婆やみたいにカリカリしていたのは、どういうわけさ?」

小首を傾げました。

「へえ、そのことなんですが……」

お初は、フルチンスキーさんが蛾治助さんの悪口を言っていたことを話しました。

「おらは、蛾治助さんに、ずんぶお世話になってるすけ、頭にきてしまって……」

お初が口を尖《とが》らせると、若旦那さんは、なるほどと言うように頷《うなず》き、

「うん、まあ、気持ちはわかるが、フルチンスキーの言うことも、一理ある。蛾治助は、親父が目をかけてあそこまでにしたが、もともとは山野暮らしの名もない乞食《こじき》だったから、視野が狭いのさ。商いは生産技術だけじゃやっていけないからな」

肩を竦《すく》めます。

「ええっ、名前もなかったのっすか？　じゃあ、蛾治助ってのは？」

お初はびっくりして訊き返しました。

「ああ、蛾治助ってのは、親父がつけた名前だ。それまでは、生年月日不明、住所不定、名前もない、正真正銘の浮浪者だったんだ」

――そうだったのか……。

お初は、蛾治助さんが気の毒でなりませんでした。蛾治助さんが、あそこまで仕事に熱心なのは、旦那さんの恩に報いるために違いありません。それを井の中の蛙よばわりするフルチンスキーさんは何もわかっていないと、お初は悔しくてなりませんでした。

よほど険しい顔をしていたのでしょう、若旦那さんが同情したような目をして、

「だけどまあ、フルチンスキーは、確かに、煮ても焼いても食えない奴だよ。ここだけの話だけど、あいつ、生糸商とは名ばかりで、正体は人買いなんだ」

声を潜めました。

「まさか……」

お初が目を剝《む》くと、若旦那さんは、

「いや、本当さ。生糸商は、ただの副業なんだ。国籍や名前を偽ってあちこちの国を渡り歩いて、貧乏な国の子供たちを売りさばいているらしい。本業の顧客は金持ちばかりだから、おぼこ糸のような高級品を持って行っても惜しみなく金を出す。おまけに、生糸商だと名乗れば、人買いだということを隠したい時の隠れ蓑《みの》にもなって、一石二鳥ってわけ」

不快そうに口元を歪《ゆが》めました。

「で、でも、なんで、旦那さんは人買いなんかとお知り合いなんですか？　おつきあいも長いっておっしゃってたし、ずんぶ意気投合もしてるみてえだけど？」

お初は、恐々《こわごわ》、訊きました。

「ああ、そのことか……」

若旦那さんは皮肉な笑いを浮かべ、

「お恥ずかしい話だけど、我が家はいささか問題ありの家系でね……」

自嘲《じちょう》気味に語り始めました。

若旦那さんの話によると、瓜生家はこの辺りの領主の血筋なのだそうです。総じて聡明《そうめい》な当主を多く輩出しており、領内の経済的な発展に大きく貢献してきたとのこと。

そればかりでなく、文化教養の諸分野でも秀でた血筋で、この地方に特有の芸能や芸術の振興にも少なからぬ影響を与えてきたらしいのです。

「ところが、ある当主の代になって、いきなり、家が取り潰《つぶ》しになったんだ」

若旦那さんが、つと言葉を切ります。やけに暗い目つき……。お初は、好奇心をくすぐられながらも、なんだか、続きを聞くのが憚《はばか》られるような気がしました。

若旦那さんは、淡々と続けます。

「当時の公文書には、原因は、当主が乱心して職務上で不始末を犯した、としか記されていない。でも、裏の記録は、もっと醜聞だらけでね……。実は、領主の地位を笠《かさ》に着て何代も蛮行、奇行を繰り返しているうちに、家系に眠っていた悪血が活発になりすぎて、まともに国を治めることのできる者がいなくなっちゃったのさ。もともと奇態な性癖や趣味の持ち主が多いのに、酒や麻薬にどっぷり浸《つ》かってやりたい放題やってたらしい。これじゃあ、没落しちゃって当然だよね」

若旦那さんは他人事のように言って、

「結局、頭の螺子《ねじ》が緩んだ我がご先祖様たちが残したのは、放蕩三昧《ほうとうざんまい》の限りを尽くして生み出した産物の数々ばかり。親父の生家の蔵には、まともな者なら眉《まゆ》をひそめそうな俗悪でヘンテコな書画や工芸品などの骨董《こっとう》品が、貰《もら》い手もないまま残されていたんだ」

ニヤリとしました。

「ところで、あたしの親父ぐらい代を下ると、さすがの悪血も少しは浄化されたらしい。ご先祖様ほど毒気のある人物じゃなかったので、若い頃はキチンとした官吏だった。でも、やはり血は争えないのか、そのうち何を思ったか、プイと勤めを辞めると、蔵の品を元手にして細々と、骨董、古美術商を始めたんだ。その時に出会ったのが、フルチンスキーさ。人買いの船旅の途中で立ち寄った親父の店で、その品揃えの奇態さに驚き、すっかりハマッてしまったらしい。それからは息が合っちゃって、逆に、親父の欲しいものを海外から探してきてくれるほどの仲になってしまった。二人で金を出し合って、胡散《うさん》臭い猥本《わいほん》や残酷本、滑稽《こっけい》本を作り、あちこちの国に売りまくって大儲《もう》けしたこともあった。それから少しして、親父は蛾治助を拾って今の商売を興すんだが、あいつがおぼこ糸の販路の開拓もやってくれたんで、製糸業も急成長を遂げたのさ」

若旦那さんは、話し終えるとフーッと大きなため息をつき、

「まあ、以上が、親父とフルチンスキー氏の馴《な》れ初めと、この会社創業の経緯だ。いずれは、あたしも跡を継ぐことになるんだろうが、あんな一癖も二癖もあるような連中を相手にしなきゃいけないのかと思うと、心細い限りだよ」

力なく微笑んでみせました。

思いつめたような横顔が、やけに淋《さび》しそう。

お初は、ふと、胸がキュンと締めつけられるような気がしました。

正直なところ、お初には、若旦那さんの話は、小難しすぎて良く理解できませんでした。所詮《しょせん》は身分の高い家柄のお話です。貧乏小作人の娘のお初には、大筋は呑《の》みこめても、お話の機微を肌で感じることはできませんでした。

それでも、若旦那さんが自分の血筋に負い目を感じて悩んでいるのは、それとなくわかります。お初は、若旦那さんの複雑で繊細な胸の内をちょっぴりでも覗《のぞ》けた気がして、嬉《うれ》しくなりました。

お初は、若旦那さんに元気を出してもらいたくて、

「でも、若旦那さんは、皆から期待をかけられてた秀才なんだべ？　本当は大臣か博士になるはずが、一大決心して家業を継ぐことにしたんだべ？　そんなお方に、余計な心配なんか要らねえっちゃ。そのうち、この会社を倍も十倍も大きくするんでねすか？」

以前にお咲が言っていたことを思い出しながら、努めて明るく振る舞います。

ところが、若旦那さんは、急にしかめっ面になると、

「なんだって？　あたしが、皆から期待されてた？　誰がそんなことを言った？」

忌々《いまいま》しそうに鼻で笑いました。

なにが気に入らなかったのか、すっかりご機嫌を損ねてしまったようです。

「だ、誰って、お咲……おらの仲間だけんど……」

お初は狼狽《うろた》えて口ごもりました。

「へー、お前さんの仲間は、退屈紛れに、そんないい加減な噂話をするのか？　でも、お生憎《あいにく》だが、あたしゃべつに好き好んで家業を継ぐわけじゃない。幼い頃から親しんでいるから、繭に接するのは大好きだ。でも、今のところ、親父たちみたいに金儲けに汗水たらす気は、毛頭ないね。ここへ戻ってきたのも、しばらく遊んで暮らそうと決めこんでのことさ。ここに居れば、上げ膳《ぜん》据え膳でゴロゴロしてても、誰にも文句を言われないからな。ただそれだけのことだ。あたしが一大決心して家業を継ぐだなんて、まったく、くだらない噂を吹聴《ふいちょう》する者もあったもんだ。とんだお笑い種《ぐさ》だな」

――くだらない？　お笑い種？

見下したような言い方！

――ひでえ！

お初は、思わず、カッとして詰め寄りました。

「いくら若旦那《わかだんな》さんでも、そういう言い方はねえんでねすか？」

「お咲は、若旦那さんが、偉《えれ》えお人だって誉めてただけだべさ。貶《けな》すなら話は別だけんど、誉めたのに、くだらない呼ばわりはねべさ。新工たちは、命がけのつもりで、ここに奉公に来てるのっす。放蕩息子を決めこむようなお人に、くだらない呼ばわりされたくねえっちゃ」

小娘に言い返されて、若旦那さんは、目を丸くしました。顔を紅潮させて、お初をジッと睨《にら》みます。

――し、しまった！　また堪《こら》え性のねえのが出ちまった！

お初が後悔のホゾを噬《か》んでいると、若旦那さんは、フッと表情を緩めました。つと踵《きびす》を返し、自室に戻っていきます。

後ろ姿が、やけにショボリしていました。

――ああ、おらって奴は……なんてこと言っちまったんだろう。

お初は、若旦那さんが、この会社に纏《まつ》わる裏話をしながら、自嘲的に笑っていたのを思い出しました。どこか拗《す》ねたような言動は、やり手の大人たちとちゃんと渡り合っていけるのかという心細さの裏返しなのかもしれません。いずれ会社を背負って立つ重責を、誰かにわかってもらいたかったのかもしれません。それを、勝手な想像で噂話のネタにされて、腹が立ったに違いありません。

――余計なこと言って、ごめんなさい。どうか、許してございい。

お初は、心の中で、若旦那さんに手を合わせました。

十

お初がお屋敷に来て三週間後、ついに、あれるぎー検査の結果が出ました。その日、蛾治助さんが、お初の身体から包帯をすべて取り去り、試薬を塗った部分を仔細《しさい》に調べ、

「ああ、良かった！　お初や、吉報だぞ。お前さんの苦手な薬の成分は、丸薬から取り除いても、ほとんど効力に影響のないものじゃ。それさえ抜いて薬を調合し直せば、問題ない。また、薬が飲めるようになるぞ」

嬉《うれ》しそうに目を細めました。

「えっ、本当かい？」

お初も、思わず叫びました。久々に、気分の晴々する報《しら》せです。お初は、嬉しくて、思わずトンボ返りをしてしまいそうになりました。

「それじゃ、もうすぐ、養蚕場に戻れるんだなっす？　いつ？　いつ帰れるのっす？」

お初がせっつくと、蛾治助さんは、

「そうだなあ、大急ぎで薬を調合し直してみるが、わしもこれから養蚕場の仕事が忙

しくなるで、はっきりしたことは言えん。新しい薬も、使う前にあれるぎー検査せにゃいかんし、早くて二週間、余裕をみて三週間はかかるかのう」

腕組みして首を捻《ひね》りました。

お初は、せっかく喜んだのも束の間、再び、がっくり肩を落としました。

まだ三週間もかかるとなると、それまでに夏繭《なつまゆ》の仕事は終わってしまうでしょう。そうなると、来年まで仕事はお預けになってしまいます。

蛾治助さんは、今は夏繭用の種蛾《たねが》を育てている真っ最中とかで、大忙し。気落ちしているお初を気の毒そうに見つめ、

「さて、わしゃ、もう養蚕場に戻らにゃならんで、この話はまたにしよう。前にも言ったが、あまり焦っても始まらない。気長に構えにゃいかんぞ」

とだけ言い残して行ってしまいました。

せっかく楽しみにしていた養蚕場復帰がまだ先の話と知って、お初は、しょんぼりしながら新工《シンコ》宿舎を振り返りました。

このところ、すっかり、皆の覇気がなくなって、お初は淋《さび》しい限りでした。

食っちゃ寝の暮らしが続いたせいでしょう、この三週間の間に、新工たちは見る見る太って、まるで達磨《だるま》さんのよう。中には、お静のように、いまだに太れずにいる娘もいましたが、そんな者でも頬っぺたに丸みが出たりして、以前とは見違えるようで

した。

　仲間のほとんどは、もう何をするのも飽きてしまったのか、いつもニターとだらしない顔つきでボンヤリしていました。下手をすると、終日、昼寝という有様。決められた入浴と三度の食事だけは欠かしてはいないようですが、そのほかの時間は座敷に引っこんでしまい、ほとんど顔を見かけない者もいるほどです。あのおトラちゃんでさえ、いつからか残飯を運ばなくなってしまいました。

　お咲やお静も例外ではありません。以前は、お互い顔を見せ合ったり手を振り合うだけのために、わざわざ窓際や玄関口まで出てきてくれたのに、少しずつその回数も減り、二、三日前からは、とうとう姿を見せなくなってしまいました。昨日も、食事に下りてきたところを見計らって、二人に手を振ってみましたが、確かにこちらが見えているはずなのに、反応なし。皆と連絡を取り合うことを禁止されている身なので、下手に蛾治助さんに事情を訊《き》くわけにもいきません。もどかしいけれども、結局、どうなっているのかさっぱりわかりませんでした。

　お初は、そのうちに養蚕部に戻れば疑問も晴れると思い、あまり深刻に考えないようにしてきました。でも、さっきの蛾治助さんの話からすると、皆のもとへ帰れるのもいつになるやらわからなくなってきました。皆からますます距離が隔たっていくようで、お初は胸の内がどんどん萎《しぼ》んでいくのがわかりました。

そんな塩菜の気持ちに追い討ちをかけるようなことを聞いたのは、その晩のことです。

あれるぎー検査も終わって包帯も取れたので、お初が久しぶりに風呂《ふろ》を使っていると、風呂場の外、ちょうど養蚕小屋の入り口の辺りから、旦那《だんな》さんと蛾治助さんが話しているのが聞こえてきました。

「……蛾治助さんや、さっき新工部屋を覗《のぞ》いてきたよ。皆、ずいぶんと立派な身体つきになってたが、調子はどうなのかの？」

「はあ、いたって順調です。皆、元気で、しっかり仕事に備えてくれています。明日から、そろそろ養蚕場に入れて仕事をさせようと思っとります。まずは、おチビや痩《や》せっぽちらに、養蚕紙作りの仕事をしてもらうつもりです。いつまでも身体つきが良くならない者に、無駄飯を食わせておくわけにはいきませんからのう」

「うむ、そうかい。まあ、お前さんのことだから、首尾に抜かりはあるまい。よろしく頼んだよ」

「はい」

「ところで、お初は、どんな具合じゃ？」

「ええ、もう何も心配いりません。あれるぎーの原因は突き止めましたし、あとは薬を調合し直して服用を再開しさえすれば、養蚕場に戻せます。しかし、どうも、今年の仕事には間に合いそうもありませんな。おそらく、来年送りになるかと……」

「そうか、そりゃ、残念。まあ、そうなったら、あと一年、屋敷で働いてもらうさ。婆さんも、楽ができて、内心、ほくそ笑むだろう」

そう言って、旦那さんが工場のほうに歩き去っていきます。

蛾治助さんも、養蚕小屋に戻ってしまいました。

——皆は明日から仕事が始まんのか……。

お初は、湯に浸《つ》かりながら唇を噛《か》みました。

近頃、運気がどんどん悪くなってきている気がしてなりません。以前は、製糸部に連れていかれたお清が哀れでなりませんでしたが、今ではお清は模範工女候補です。じきに故郷に錦《にしき》を飾る身なのです。おチビのお静は養蚕紙作りの係に選ばれるでしょう。あのおトラちゃんでさえ、もうじきお籠《こ》もり。なのに、自分は……。

——あと一年も、このまま、お屋敷勤めだなんて……。

お初は、切なくて、つい、嗚咽《おえつ》が洩《も》れました。

その時——、

「お初！　いったい、いつまで入ってるんだい？」

廊下で、婆やのカナキリ声！

——うるさい奴！

お初は、悔しくて怒鳴り返してやりたくなりました。

すると——、

「婆や……そうガミガミ言うなよ」

若旦那さんの声がしました。

「お初は、本当は、うちの女中じゃない。甲種一等の新工だよ」

「でも、坊ちゃん、薬が使えなきゃ、ただのカスですよ」

「だから、ここで静養しながら、仕事ができるようになるのを待っているんじゃないか。良くなったら、養蚕部に戻って大事な仕事をする身だ。ちょっとのことは、大目に見てやれよ」

「……ま、それもそうですね」

婆やが皮肉っぽく言い捨て、歩き去っていきます。

若旦那さんも、奥に引っこんでしまったようです。

——若旦那さんが、庇《かば》ってくれた。怒っているとばかり思ってたのに……。

先日、口論してから、お初は、もう、若旦那さんには相手にされないだろうと、諦《あきら》めていたのです。なのに、逆に庇ってくれるとは……。

意外なことに驚きながら、嬉《うれ》しさがジワッとこみ上げてきました。

——おらって奴は……。

自分だけが不幸だと思いこんでいたのが、凄《すご》く恥ずかしいことに思えます。蛾治助さんは一生懸命面倒見てくれるし、若旦那さんまでが優しく庇ってくれたのです。こんなありがたいことは、そうざらにはありません。それを忘れては罰《ばち》が当たります。

──よし、もうメソメソしねえぞ！

お初はそう自分に言い聞かせると、バシャバシャと勢い良く顔に湯をかけました──。

翌日、お初が、朝の仕事を終えて庭先に出ると、新工宿舎の一階の板の間に、十人ほどの新工が整列しているのが見えました。

──あ、いよいよだ！

お初は、すぐにピンときました。

整列しているのは、今日から養蚕場で仕事を始める新工たちに違いありません。皆、小柄で痩せっぽちの娘ばかり。お静もいます。養蚕紙作りに選ばれた者たちだというのが一目瞭然《いちもくりょうぜん》でした。

蛾治助さんが、皆の前に立って、何か話しています。きっと、これからの作業を前に、訓示を述べているのでしょう。いかにも蛾治助さんらしい平身低頭ぶり。ボーッとふんぞり返っている新工たちのほうが、よほど偉そうです。お初は、思わず、吹き出してしまいました。

やがて、皆は、蛾治助さんのあとについて、風呂場のほうへ消えてしまいました。

――皆、しっかりな。

お初は、胸の内で声援を送りました。

新工たちの養蚕場入りは、その後、三日に亘《わた》って続きました。養蚕紙係の者たちのあとは、体格の良い者の順になっているらしく、おトラちゃんが最初に養蚕場に入り、その次の一団の中にお咲が加わっていました。そして、最後の一団が養蚕場に消えると、賄いのオバさんたち四人が、新工宿舎に入り宿舎内の大掃除を始めました。すべてを綺麗《きれい》に磨き上げ、布団を虫干しし、ガラクタを庭先に山積みにして焼き払います。仕事を終えると、オバさんたちは、大きな風呂敷包みを背負い、なにやらエビス顔で帰っていきました。

覚悟はしていましたが、いざ皆の姿が見えなくなってみると、孤独感が切実に胸に迫ってきます。でも、お初は、この前に風呂場で聞いた若旦那さんの言葉を思い出し、寂しさをグッと堪《こら》えました。

皆が養蚕場に籠もってすぐに、お初は、不思議なことに気づきました。

あれだけ大勢の新工たちが作業しているのに、養蚕場からは、物音ひとつ、話し声ひとつ聞こえてこないのです。お初は、お屋敷勤めになってから、養蚕部に出入りを禁じられていたので、近くへ行って確かめることはできませんでしたが、夜になって辺りが静かになった頃に耳を澄ましてみても、やはり、何も聞き取ることはできませんでした。

あんまり気になって、お初は、蛾治助さんが最後のあれるぎー検査に来た時に、この疑問について問いただしてみました。

「なに、静か過ぎる？」

蛾治助さんは、お初の左腕にあれるぎー検査の試薬を塗りながら、

「何もおかしいことはないさ。ここの養蚕場の作業の方針は静粛行動じゃ」

ニヤリとしました。

「せいしゅくこうどう？」

お初が首を傾げると、蛾治助さんは、うむと頷《うなず》いて、

「そうじゃ、ここの山繭蛾は気難しい奴らなんで、驚かしてはならんのじゃ。ちょっとの物音で、すぐにヘソを曲げたりお冠になったりする。周りがバタバタしていると、うまく育たないのだよ」

自分まで気難しそうに顔をしかめました。

「ふーん、そうだったのけ」

「実は、新工たちの飲む正娘丸《せいじょうがん》には、気を落ち着ける作用もあってな、養蚕場に入る

前には、調合を変えてこの作用を強めたのを皆に飲ませるんじゃ。そうしないと、お籠もり仕事でクサクサした者たちが騒ぎだしたりして、面倒なことになるのさ。正娘丸には、他に、食欲増進の働きもあって、お籠もり前に皆の体格が良くなるのを助ける。いったんお籠もりを始めると、きちんと食事する時間もとれなくなるから、穴籠もり前の熊みたいに身体に蓄えておかせるのさ。まあ、それでも、多少は飲んだり食べたりせにゃいかんから、わしが簡単な物を差し入れたりはするがね」

これで、養蚕場の仕事が始まる前の皆の様子の謎が解けました。ここの養蚕場には、お初には考えつきもしない知恵がいっぱい詰まっています。新工の仕事の分担にしても、お静のような体力のない娘でも務まるように、細やかな配慮がなされていました。

――やっぱり、蛾治助さんはたいしたもんだ。

蛾治助に任せておけば安心、と旦那《だんな》さんが言っていたのも頷けます。お初は感心して唸《うな》りました。

――おらの身体のことも同《おんな》じだな。

これから、あれるぎー検査の結果がどう出ようが、薬の調合が長引こうが、不満に思ってはいけないと、お初は自分に言い聞かせました。蛾治助さんのような稀代《きたい》の技の持ち主なら、いずれこの身体もどうにかしてくれると、全幅の信頼を寄せることにしました。

「さあ、これで良し」

蛾治助さんは、お初の腕に包帯を巻き終えると、

「これが最後の検査だ。今日塗った試薬は、新しく調合した薬の原液じゃ。これで発《はっ》疹《しん》が出なんだら、めでたしめでたし。また、薬を飲み始めることができる。でなけりゃ、また最初からやり直しだ」

あらたまって告げました。

「じゃが、結果が思わしくなくても、めげたりしちゃいかんぞ。お前さんは、わしが甲種一等に選んだ新工の中でも、特に見こみのある女子《おなご》じゃ。いたずらに急《せ》いては良い仕事はできん。じっと我慢じゃ」

お初は、蛾治助さんの言葉に、胸がジーンとしました。

「心配《しんぺえ》ねえす。おら、もう、蛾治助さんに、堪え性がない、なんて言わせねから」

お初がニッコリ笑ってみせると、蛾治助さんは、

「そうそう、その意気じゃ。これで、わしも、ちょっと肩の荷が下りたような気分だよ。心置きなく、夏繭作りに専念できるというものじゃ」

満足そうに微笑みました。

そして、あれるぎー検査の道具箱を小脇に抱え、

「さて、今晩は工場で生産会議があるので、養蚕場に戻るのが遅くなる。今のうちに、

作業を詰めておくとするか」

トコトコと養蚕小屋に帰っていきました。

その晩に、お初が庭先で蛍を見ながら夕涼みをしていると、蛾治助さんが養蚕小屋から出てきて工場のほうへ歩いて行くのが見えました。

「行ってらっしゃい」

お初がその後ろ姿を見送っていると、若旦那さんが縁側から下りてきて、

「今のは、蛾治助かい？」

小首を傾げます。

「はい、今晩は、せいさんかいぎ、とやらで、帰《けえ》りが遅くなるそうです」

お初は、団扇《うちわ》で若旦那さんを扇《あお》いであげながら告げました。

「ふーん、そうか。帰りが遅くなるのか……」

若旦那さんが、養蚕小屋を見上げながら呟《つぶや》き、

「もう、新工たちは、皆、お籠《こ》もりか。夏繭作りもたけなわだな」

嬉《うれ》しそうに目を細めます。

「へえ、皆、せいしゅくこうどうしてます」

お初が口先に人差し指を添えながら声をひそめてみせると、若旦那さんはクスリと

笑い、

「お初も、皆と一緒に働きたいんじゃないのか？」

養蚕小屋を目で指しました。

お初は、コクリと頷《うなず》くと、

「でも、今年は、もう無理かもしんねっす」

昼間に蛾治助さんから告げられたことを、若旦那さんに話して聞かせました。

「ふーん、そうだったのか。でも、蛾治助がそう言うのなら、言われたとおり、のんびりしていれば良いんだよ。一年なんてあっと言う間に過ぎてしまうさ。あいつは、この仕事にかけてはピカイチだ。あいつの言うことなら、まず間違いない」

若旦那さんは、そう言うと、

「それにしても、蛾治助に見こまれるとは、お初は、きっと極上繭を作るんだろうな。できあがった繭を、早く見てみたいものだ」

お初をマジマジと見つめました。いつも素っ気ない若旦那さんにしては珍しい、ちょっと熱い視線……。

お初は、急に頬がポッと火照って、思わず俯《うつむ》きました。

「でも、お初が仕事に戻ると、きっと、家の中は淋《さび》しくなるぞ。それだけは、名残惜しいだろうな」

若旦那さんは、そんなことを言いながら、

「さて、あたしは、ちょっと出かけてくる」

着物の袂《たもと》から鍵《かぎ》の束を取り出しました。

せっかく話がはずんできたところなのに、残念……。

「どこへ、お出かけです？」

お初は、鍵の束を目で指して訊《き》きました。

若旦那さんがニヤリとして、

「うん、養蚕場へお蚕さんを見に行ってくる。あたしは、夏繭がたまらなく好きでね。この時季になると、あの虹色《にじいろ》の繭玉のことを想像しただけでウキウキして、居ても立ってもいられなくなるんだ。普通の家蚕《かさん》の繭なんか見てもつまらないだけだが、うちの夏繭だけは何度見ても飽きない。時間が経つのも忘れて、つい見惚《みと》れてしまうことも度々さ」

うっとりしたような目をします。

「んだども、今は、蛾治助さんは会議で留守にしてますよ……」

「いや、あたしには、そのほうが都合が良いんだ。あいつがいると、やれ、養蚕箱の蓋《ふた》を開けちゃいかん、やれ、繭に触っちゃいかんって、やかましいからな」

「あやー、蛾治助さんに断りなく養蚕場に入ったりしては、まずいんじゃねですか？」

「ふふ、心配しなくても、大丈夫。こう見えても、ここの跡取りだ。物心ついた時から、養蚕場を遊び場にして育ったんだ。あの中での作法は、心得ているさ」

若旦那さんは、悪戯《いたずら》っぽい目で微笑むと、

「でも、このことは、蛾治助には内緒にしといてくれよ。知れると、やはり、チクチク厭味《いやみ》を言われるんでね」

ペロッと舌を出しました。今まで見せたことのない、ひょうきんな仕種《しぐさ》。屈託ない表情。ひょっとすると、これが、若旦那さんの本来の姿なのかもしれません。

「そんですか……」

お初は納得して頷くと、

「んだば、お咲とお静に、よろすく言っといてくだせえ」

ひょこりと頭を下げました。

「お咲？　お静？」

若旦那さんが小首を傾げます。

「へえ、同じ故郷《くに》から来てる仲間です」

「そうか、お初の仲良したちか」

若旦那さんは合点がいったように頷いて、

「わかった、伝えておくよ」

養蚕場に向かって歩いて行きました。

養蚕場は、中で新工が作業していても、蛾治助さんが留守の間は、必ず外から錠前が下ろしてあります。

若旦那さんは、合鍵で錠前を開けて、中に入って行きました。

折りしも、夜狩鳥《よがりどり》の悩ましい鳴き声が、尾を引くように響きます。

お初は、何だか胸がモヤモヤして、慌てて屋敷の中に駆け戻りました――。

十一

仲間たちが養蚕場にお籠《こ》もりに入って一週間あまり経ったある日の晩、とうとう、養蚕場から養蚕箱の搬出が始まりました。

その晩、お初が夕飯の後片づけを終えて自室で寛《くつろ》いでいると、養蚕小屋のほうに人が群れている気配がしました。表に出てみると、製糸部から古株の姉《あね》さんたちがゾロゾロやって来て、養蚕箱を四箱担ぎ出していくところでした。

「いよいよ、夏繭の糸繰りが始まるんだなっす?」

搬出に立ち会っていた蛾治助さんに声をかけると、蛾治助さんは、

「ああ、ようやく、第一陣の蔵出しじゃ。どれも極上繭で、生糸になったのを見るのが待ち遠しいよ」

嬉《うれ》しそうにニッコリしました。

「ああ、おらも糸になるとこを見てみてえなあ」

お初が甘えた声を上げると、蛾治助さんがフッと鼻で笑います。

「これこれ、無茶を言うもんじゃない。おぼこ糸の作業は、格別、神経の張る大変な仕事じゃ。関係ない者がノコノコ冷やかしに出ていった日には、婦繰さんが怒りまくるわい」

「ふえー、夏繭の扱いってのは、そんなに大変なのけ?」

「うむ、普通の家蚕と違って、糸口を見つけるのが大仕事でな、糸も切れやすいから、検番さんらも、神経をピリピリさせて見張っていなきゃならん。糸繰り場は、ちょっとした戦場になるよ」

蛾治助さんはそう言いながら、自らも気を引き締めるように姿勢を正しました。

「今晩から、わしも立ち会いに出なきゃならん。作業の流れ具合によっちゃ夜明かしになることもあるので、お前さんのあれるぎー検査の時間がまちまちになるかもしれんな」

「ふーん、おぼこ糸ってのは夜に引くものなのけ?」

「まあ、一種の慣例じゃ。婦繰さんは、夜に引いたほうが能率が上がると言ってる。暗くなってからのほうが、邪魔が入らなくて神経がピリリとするんだとさ」

なんだか、よくわかりません……。そんなものなのかと、お初は、「ふーん」と曖《あい》昧《まい》に頷きました。

「さて、のんびり油を売ってる暇はない。仕事じゃ、仕事」

蛾治助さんが、張り切って身体を揺すります。

「そらさのさっさ！　気張ってござい！」

お初は、蛾治助さんの背中に、陽気に声援を送りました。

蛾治助さんが行ってしまうと、入れ代わりに、若旦那《わかだんな》さんが玄関から出てきて、

「ははは、嬉しそうだね」

いつになく陽気に、声をあげて笑います。

「えへへ、そりゃ嬉しいっちゃ。なんせ、仲間が籠もりっきりで丹精こめた繭が糸になるんだものね」

お初は、自慢げに胸を張ってみせました。

「そうか、我がことのように嬉しいわけだ。お初は、本当に友達思いだな」

優しい口調……。愛《いと》しむような眼差《まなざ》し……。

「そ、そんなことねっす！」

カーッと顔が熱くなり、思わず顔をそむけます。

「いや、本当だ。お前さんみたいな友達を持って、皆もさぞ嬉しいはずだよ。ええと、何という名前だったっけ……そうだ、お咲だったな。この前、あの娘に、お初のことを伝えたら、すごく喜んでいたぞ」

若旦那さんは、お初の顔を覗《のぞ》きこみながら告げました。

「えっ、お咲に会ったのっすか？」

「うん、元気にしてた。お前さんに、とても会いたがっていた。でも、仕事中だから、まだ無理だって、残念がってた。お咲は、働き者だな。良い仕事をしていたぞ」

思いもかけない嬉しい報《しら》せ！

若旦那さんは、お初の伝言を、ちゃんと皆に伝えてくれたのです。

――やっぱり、若旦那さんは、いい男《ひと》だ！

お初は、若旦那さんに飛びつきたい衝動をグッと抑え、

「んで、お静は、どうでやんした？　あの娘、身体悪くしたりしてねかったすか？」

声をはずませながら、若旦那さんににじり寄りました。

「うーん、残念ながら、その娘には会えなかった。もしかしたら、お静ってのは、養蚕紙の仕事をしてるのかい？」

「そ、そうです。養蚕紙の仕事をしてると、会えねんですか？」

「そう、養蚕紙作りは保冷庫でやる仕事だからね。あの部屋は温度管理が厳しいから、気軽に出入りできないんだ」

「そうなのか……」

——あのガリが保冷庫で仕事なんて、さぞかし寒かろうな……。

お初が、お静が風邪をひいたりしませんようにと心の中で祈っていると、

「さてと……」

若旦那さんが、おもむろに背を向けます。

「あれ、どちらへ？」

お初はキョトンとしました。

「養蚕小屋。これから、繭はどんどん製糸部に運ばれちゃうからな。全部が糸にされないうちに、うんと楽しんでおかなきゃ」

「えー、じゃあ、また養蚕場へ行くんですか？　若旦那さんは、本当に夏繭が好きなんだなー」

お初が感心して唸《うな》ると、若旦那さんは、

「うん、あんな美しい繭玉が糸にされちゃうのかと思うと、名残惜しくて仕方がない。会えるうちに会っておかないと、あとで後悔するからな」

肩を竦《すく》めて苦笑いしました。

——そうか……こうやっておらと話しているより、繭を眺めてるほうがええのか……。

ちょっぴり淋《さび》しい気がして、お初は、曖昧な笑みを返しました。

そんなお初の気持ちを知ってか知らでか、若旦那さんは、養蚕小屋を見上げ、

あたしゃ箱入り　山繭蛾
繭で夢見て　目覚めてみれば
あらやビックリ　釜《かま》の中
アチチアチチと　もがいてみても
やんちゃ工女が　許しゃせぬ
クルクル回され　まるはだかぁ

妙にウキウキしながら、歌なんか口ずさんだりします。

そうかと思えば、

「ふふ、それにしても、夏繭たちは哀れだよな。そのままのほうがずっと可愛らしいのに、糸に引かれて布切れに織られて、どこぞの心卑しき金満家の肌の臭いに塗《まみ》れなければいけないんだもの……」

急に、お得意の皮肉な口調……。

そして、手の中で鍵《かぎ》の束を弄《もてあそ》びながら、

「じゃあね、お初」

養蚕小屋のほうへ歩いて行ってしまいます。

お初は、その後ろ姿を見つめながら、

——どうやら、おらは思い違いしてたようだ。

唇を噛《か》みました。

最近、若旦那さんの機嫌が良くなってきたのは、自分の思いやりが通じたせいではないようです。ただ単に、夏繭の時季だったからに違いありません。好きな繭がふんだんにあるのが嬉しいだけなのです。

——おらって奴は……ただの奉公人のくせに、とんだ自惚《うぬぼ》れ屋だったな。前にお咲のことを笑っといて、なんてザマだ。

お初は、若旦那さんが養蚕小屋に入るのを見届けると、浮かない足取りで自室に戻りました。

——明日からは、心を入れ替えて、勤めに精を出すとすっか。

お初は、そう自分に言い聞かせて、床につきました。

外では夜狩鳥がかしましいほどでした。今晩は、また一段と活発でねちっこい鳴き声です。その鳴き声を聞いているうちに、なんだか胸がモヤモヤしてきて、お初は頭から布団をかぶりました。

布団にくるまると、まるで、自分が繭の中にいるような気分です。暖かな繭の中……半分ほど出来上がった繭の中です。一糸纏《まと》わぬ姿で、黙々と糸を吐いていました。繭の外から、誰かが見つめる気配。見なくてもわかります。若旦那さんしかいません。お初は、見られているのに気づかぬ素振りで、糸を吐き続けました。息も継がずに糸を吐くのは大変でしたが、休まずに頭を八の字を書くように振り続けました。お初にはわかっていました。きれいな繭になれば、きっと手に取って、「可愛い」と言ってくれる、と……。思いをこめればこめるほど、糸は光沢を増し虹《にじ》光りしました。若旦那さんが、感嘆のため息を洩《も》らします。繭になったお初を掌《てのひら》に載せて、指先で優しく愛撫《あいぶ》します。その気持ちの良いことったらありません！　お初は快感に身を打ち震わせました。恍惚《こうこつ》となって喘《あえ》ぎました。若旦那さんが、優しく微笑みながら、繭の糸口を摘《つま》みます。お初はハッとしました。糸を解かれてしまうと、恥ずかしい姿を晒《さら》してしまいます。やめて、と言おうとしましたが、声が出ません。お初は恥ずかしさのあまり、両掌《りょうて》で顔を覆いました。若旦那さんが、ふふふ、と嬉《うれ》しそうな笑い声を洩らしながら器用に糸を解いていきます。お初は身体の力が抜けていきました。でも、抗《あらが》おうという気は起こりません。胸の中で羞恥心《しゅうちしん》と甘美な陶酔がせめぎあっていました。

若旦那《わかだんな》さん……堪《たま》らずに、そう呟《つぶや》いた時です。お初は異変に気づいて、ギョッとしました。いつの間にか、自分の身体が茶色い蛹《さなぎ》になっています。紡錘《ぼうすい》形の、あられもない姿。足元に、煮えたぎった鍋《なべ》が見えました。いきなり、周りからドッと盛大な拍手が起こります。拍手のするほうを見て愕然《がくぜん》としました。釜の前で、皆が笑顔でお初を讃《たた》えています。旦那さん、蛾治助さん、婦繰さんを筆頭に、新工たちが勢揃いしていました。両親や妹たちまで嬉しそうに手を叩《たた》いています。お咲、お静が、「ようやったね」と涙ぐんでいます。「ええぞ」とお千代。その脇でおトラちゃんが残飯桶《おけ》を振っていました。お清が前に進み出てきて、「ほら、これでお相《あい》こ」と、袋から蛹を摘んで食べはじめます。割れるような拍手喝采《かっさい》！　若旦那さんが、鍋の上で掌を傾けます。のっぺりした蛹の自分が、掌の上を滑ります――。

　お初は、金切り声をあげて布団の上に飛び起きました。

　覚めやらぬ頭のまま、目を瞬《しばたた》かせます。

　胸を突き破らんばかりの動悸《どうき》……。

　ハアハアと息をつきながら、辺りに耳を澄まします。

　シンと静まり返った真っ暗な部屋。見慣れた三畳間。自分の部屋――。

　遠くで、ヒェーン、ヒェーンと、夜狩鳥の鳴き声……。

か細く切ない響きを聞きながら、ようやく、今のは夢だったのだと気づき、お初はホーッと深いため息を洩らしました。

そのままぼんやりしていると、また、あの恐ろしい世界に引き戻されそうな気がしてきます。お初はブルブルと頭を震わせて、しゃにむに夢の余韻を振り払おうとしました。

と、その時です――、
遠くから、人の声が聞こえてきました。若い女の声。大勢の声。歓声を上げているようにも、ただ喚《わめ》き散らしているようにも聞こえます。まるで夢の続き……。でも、現実です。確かに、製糸部のほうから声がします。

耳を澄まして、思わず、顔が引きつりました。

歓声などではありません。聞こえてくるのは、悲鳴でした。間違いありません。工女たちの悲鳴です。そして、時折、検番さんたちの罵声《ばせい》、怒号も――。製糸部では、今頃、第一陣の夏繭の糸繰りが行われているはず。なのに、あの騒ぎは、どうしたことなのか！

お初は、布団にくるまったまま、ガタガタ震えました。今しがたの夢が、急に甦《よみがえ》ってきて、現実感が揺らぎます。お初は、思わず耳をふさぎました。

すると、声は、闇夜に吸いこまれるように、徐々に小さくなっていきました。

そしてまた、夜狩鳥の鳴き声だけが……。

まるで、狐につままれたようでした。

悪戯《いたずら》な魔物が、突風に乗って辺りを通り過ぎていったような気がしました。

お初は、まだ震えが止まらずにいましたが、ふと、玄関先に物音がしてビクッと身を竦《すく》めました。

戸が開き履物を脱ぐ気配……足音の癖から若旦那さんだとわかります。

——そうだ、若旦那さんに、今の悲鳴のことを——！

きっと、若旦那さんも、今の騒ぎに気づいたはずです。訊《き》けば、何かわかるかもしれません。お初は、咄嗟《とっさ》に、寝床から飛び出し、部屋の襖《ふすま》を開けました。

ちょうど、お初の部屋の前を通り過ぎた若旦那さんが、お初に気づいてこちらを振り返ります。

その顔を見て、お初は、思わず息を呑《の》みました。

若旦那さんは、まるで別人のようでした。暗がりではハッキリと見えませんが、頬がゲッソリして、目の下に隈《くま》が浮いています。いつもの優しい微笑みは影も形もなく消え去り、代わりに、下卑たような薄笑いが浮かんでいました。

お初が啞然《あぜん》としていると、若旦那さんは、無言で踵《きびす》を返し、スタスタと自室のほうへ歩き去って行きます。

——魔物だ。やっぱり、魔物が通って行ったんだ！

お初は、怖ろしさのあまり、泣き出しそうになりました。

翌日、お初は、若旦那さんと顔を合わすのが気詰まりで仕方ありませんでした。見てはいけないものを見てしまったという気持ちと、このまま放ってはおけないという不安で、どのように接したものか考えあぐねていたのです。

若旦那さんは、いつものように、夕飯近くに起きだしてきて、縁側でぼんやりしていました。昨晩見た別人のような表情はすでに消え、いつもの優しそうな顔に戻ってはいますが、やや疲れ気味の冴《さ》えない様子です。いざ夕飯の仕度が調っても、あまり箸《はし》をつけませんでした。

お初がオズオズと、

「もう、よろしいんですか？」

と訊《たず》ねると、素っ気なく、

「ああ、もういい」

と、心ここにあらずといった顔で首を横に振ります。

なんだか取りつく島もなく、お初はそれ以上会話を継ぐことができませんでした。

――昨日は、たまたま、なんか嫌なことがあっただけかもしれねえ。

数日すればまた元通りになるだろうと気を取り直し、お初は様子をみることにしました。

——とりあえず、いつもどおりにお相手しよう。

そう思いながら、話すきっかけを窺《うかが》います。

でも、若旦那さんは、縁側に腰掛けて外を見つめたままです。やがて、養蚕小屋から、今日の糸繰り用の夏繭が運び出されるのを見ると、口元にニヤリと笑みを浮かべ、スーッと立ち上がり、

「ちょっと出かけてくる」

婆やに声をかけました。

「行ってらっしゃいまし」

婆やが心得たというような顔で頷《うなず》きます。

——あっ、また、養蚕場へ行くつもりだ！

お初は、思わず、縋《すが》って止めたい衝動に駆られました。

でも、そんなことをしようものなら、婆やに、「差し出がましい！」と、こっぴどく叱られるのがおちです。

お初は、どうすることもできずに、黙って玄関口で見送るしかありませんでした。

若旦那さんを送り出し、夕飯の後片づけをしていると、ふと、工場のほうから異臭がしました。煮繭《にまゆ》の臭いなのですが、いつもより臭いがずっと濃く、えぐさが強烈で

した。昨日は気づきませんでしたが、これは夏繭の臭いに違いありません。

——ひでえ臭いだな。あんな綺麗《きれい》な糸の繭とは思えねえ。

お初は、思わず、顔をしかめましたが、ふと、

——そう言や、お清はまだ蛹を食ってるんだべか……？

お清のことを思い出し、心配になりました。昨夜、製糸部から聞こえてきた悲鳴のこともあり、ずっと気になっていたのです。

日中に、蛾治助さんがやって来た時、昨晩の悲鳴のことを訊いてみたところ、

「ああ、夏繭の出初《でぞ》めの日は、毎年そうなんじゃ。高価な繭なのに、普通の家蚕の繭を繰るように扱って糸を無駄にする者が多いので、必ず婦繰さんのお目玉が落ちる。喝を食らって、そりゃあ、皆、大泣きするよ。でも、それで、シャキッとするわけだ。心配せんでも、二日目からは静かになるから、安心おし」

平然としたものです。

——でも……。

想像していた魔物の仕業ではなかったのかと少しホッとしたものの、どうもしっくりきません。昨晩聞こえた悲鳴には、叱責《しっせき》を受けて発せられたものとは思えぬ、切迫した響きが感じられました。

——蛾治助さんの言うとおり、今晩からは静かになれば良いけど……。

お初は、祈るような気持ちで床に就きました。

そして……、

結局、その晩は、悲鳴は聞こえてはきませんでした。

ですが、若旦那《わかだんな》さんは、夜更け過ぎになっても、とうとう戻らずじまい。翌朝、玄関を見ると、草履が乱雑に脱ぎ捨ててありました。なんと、午前様です！　夏繭を見に行くだけでそんなに帰宅が遅れるのは、どう考えても妙でした。

そして、夕方に、起き出してきた若旦那さんの顔を見て、お初は愕然《がくぜん》としました。一昨日の夜更けに見たような病的な翳《かげ》が、色濃く浮き出ていたのです。たった二晩のうちに、頬がゲッソリこけていました。目が落ち窪《くぼ》み、目の下には隈がくっきり出ています。夕食も、やはり、あまり手をつけようとしません。

「お身体の具合でも悪いんでないですか？」

お初が訊ねても、フフンと鼻であしらうだけで、まともに答えようともしませんでした。

やがて夕刻になり、また、夏繭の箱が運び出されていきました。

若旦那さんが、無言で立ち上がります。

婆やが、「行ってらっしゃいまし」と頭を下げます。

お初は、為《な》す術《すべ》も無く、ぽつねんとその場に立ち尽くしました。

十二

翌日、若旦那さんは、さすがに疲れ果てたとみえ、養蚕場に出かけるとは言いませんでした。いったん起き出してきたかと思ったら、夕食を軽く食べ、また自室に戻って行きます。顔は、昨日にも増してやつれはて、目の下の隈もくっきりはっきり。お初は、若旦那さんの身体が心配でしたが、とりあえず休養をとっているようなので、今晩は安心していても良さそうでした。

お初も、この二日間、まんじりともしない晩が続き、いささか疲れがたまっていたので、さすがに、ゆっくり休みたい心境でした。夕方の仕事を手早くすませ、早々に床をとります。寝間着に着替えて寝転がると、早速、眠気が襲ってきました。

今日は、風向きのせいか、製糸部からの煮繭の臭いが、昨日にも増して濃厚です。夜狩鳥がかしましい、ねっとりとした夜でした。せっかくウトウトしたと思ったら、夜狩鳥がじゃまするように、ヒェーンヒェーンと鳴きます。身体は疲れているのに、なかなか眠りにつけず、お初は何度も寝返りを打ちました。

どのくらいそうしていたかわかりません。

お初は、ふと、工場のほうから人の気配が近づいてくるのを感じて、耳を澄ましました。

数人の足音が、確かに聞こえます。やがて、お屋敷の塀の戸が開き、物々しい足音が敷地内になだれこんできました。なにか、いきり立っているような気配。足音と一緒に、ウー、ウーと猿轡《さるぐつわ》を嚙《か》まされたようなくぐもった呻《うめ》き声がしました。

足音はそのまま、新工宿舎の中に入って行きます。

そのままジッと聞き耳を立てていると、

「嫌だー!」

いきなり、新工宿舎から悲鳴が聞こえてきました。

「嫌だ、嫌だ、勘弁してくんろ!」

おそらく、猿轡を外されたのでしょう。自由になった喉《のど》から悲鳴が噴き出ているに違いありませんでした。

「もう、糸繰りは嫌だ!」

腸《はらわた》がちぎれそうな声。

「お願《ねげ》えだ、死なせてけれー!」

お千代の声――!

お初は、布団にくるまったまま、身を竦《すく》み上がらせました。

「うわーっ、やめてけれ!」

一際、甲高い声！

「やめろ、やめろ、やめろ！」

まるで、断末魔！

あまりの恐怖に、思わず耳をふさごうとした途端、ピタリと声が止みます。

お初は、ブルブル震えながら身構えました。

でも、悲鳴はそれっきり途絶えたまま……代わりに、ボソボソと男の人の話し声がしました。

間違いありません。旦那さんと婦繰さんの声です。そして、蛾治助さんの声も……。

「……こいつは、見かけほどでもねえ。いつかは、こうなるんじゃないかと心配してたんだが、思ったより早く参っちまったなあ。やはりカスはカスだ」

と、婦繰さん。

「うーむ、やはり、情に篤《あつ》すぎるのは駄目だねえ」

と、旦那さん。

「いえ、この娘には、以前、妹がいたんだそうです。それにあの娘のこともとても可愛がっていた。きっと、そのせいでしょうな……」

と、蛾治助さん。

――妹？　あの娘？

お初には、なんの話かさっぱりわかりません。

「で、どうします、旦那？　こいつは、もう、製糸部じゃ使い物にはなりませんぜ」

「そうだねえ、首を括《くく》ろうとした娘を、他の者と一緒にしてはおけない」

——お千代が？　首を？　括ろうと？　した？

お初は、目の前に稲妻が奔《はし》ったような気がしました。

「仕方がない、ペケ糸仕事でもやらせるか……」

旦那さんのため息。

「まあ、それしかないですな」

淡々とした蛾治助さん。

「じゃが、この忙しい時に、ペケ糸仕事に手間かけているわけにもいかんのでは？」

婦繰さんが渋ります。

「いやいや、もちろん、悠長なことはしてられない。ここは一気に、パッパッパッと仕事させにゃ。のう、蛾治助さんや？」

「ま、そういうことですな」

「ほいじゃ、早速、始めましょうぜ」

「うむ、それじゃ、風呂場《ふろば》のほうに運んでおくれ。まずは、きれいに洗浄、消毒じゃ」

「よっしゃ、お安いご用じゃ。あれ……？」

「どうしたね？」

「ははは、こいつ、呑気《のんき》に歌なんか歌ってやがる」

「ああ、今さっき、気を落ち着かせるために飲ませた薬が効いてきたんじゃ。ちょうど、ええ気持ちになっとるんじゃろう」

「はん、どうでもええが、ひでえ音痴じゃのう。どれ、ひとつ、わしが歌い方を指南しちゃろうかい」

婦繰さんが、陽気に歌を歌い始めます。久しぶりに聞く、あの歌——。

村のお地蔵様お願《ねげ》えがござる
おらたち工女を守ってござい
御利益あったら甘酒しんじょ
おっ死《ち》んで甘酒あげれぬ時は
人着《ひとき》ぬ紬《つむぎ》で温《ぬく》もってもらう

自慢するだけあって、婦繰さんは、なかなか良い喉です。静かな夜に染み入るような、良く透る声——。

お初は、次は何が起こるのかと耳を澄ましました。でも、それ以上、何も起こりませんでした。次第に婦繰さんの歌声が新工宿舎の奥へ遠のき、あとは、また、夜狩鳥の鳴き声しか聞こえなくなりました。

あまりにも呆気《あっけ》なく戻ってきた静寂……。

お初は、それとは裏腹に、心臓の鼓動がどんどん大きくなっていきました。

――い、いってぇ、何が起こったんだ？　あんなに気丈なお千代が、なんで？

確か、お千代は、もう糸繰りはしたくない、と叫んでいました。でも、もし作業がキツイと言うだけなら、お千代より柔《やわ》な新工のほうが先に参っているはずです。お千代が自殺を図ったのには、絶対、特別な理由があるはずです。糸繰り作業に絡んだ何かが……。

そこまで考えて――、

――あっ！

あることを思い出しドキリとします。

――そう言えば、お峰姉さんも！

ここに来て以来、すっかり忘れていましたが、不可解な自殺が、故郷を発《た》つ間際に起こっていました。辛《つら》い製糸部の仕事に耐え抜いた模範工女の縊死《いし》――。あの時のお峰姉さんの自殺の原因は、男性関係のもつれだと言われていますが、お清は、お峰姉さんが死人のような顔で村のお地蔵様を見つめているのを目撃しています。男性関係の話とお清の見た姉さんの姿は、どうも、しっくり嚙みあいませんでした。

頭が混乱してきて、お初はウーンと唸《うな》りました。

姉さんとお千代の件を一緒くたに考えるからいけないのかと、もう一度、お千代のことだけを思い出してみます。旦那《だんな》さんたちは、お千代が情に篤すぎたのが、製糸部で参った原因のように言っていました。蛾治助さんによれば、お千代の妹と、もうひとり可愛がっていた娘がいたためだとも……。可愛がっていた娘といえば、考えられるのはおトラちゃんしかいません。今頃、養蚕場に籠《こ》もってお蚕さんの世話をしているはずの娘が、自殺の原因にどういう関係があるのか……。

——ん、待てよ?

「あっ……」

いきなり、お千代と姉さんの接点が見つかった気がして、お初は、思わず叫び声を洩《も》らしました。

気立ての良い姉さんとはねっかえりのお千代では、まるで似ても似つかない者同士のように見えますが、実は二人とも情に脆《もろ》く世話焼きでした。子供好きなところも一緒です。そう言えば、姉さんには姉妹はありません。お千代も妹が死に、一人っ子みたいなものでした。

でも、それがどうして世を儚《はかな》む原因につながるのかとなると、思考はまた壁にぶち当たってしまいます。

死人のような顔でお地蔵様を見つめていた姉さん……。

夏繭の糸繰りが始まって早々に参ってしまったお千代……。

二人の相似点が、このふたつの事実とどう絡んでいるのかは、いくら考えてもわかりませんでした。

――そう言や、お清も一人っ子だったな……気立てが良いのも同じだ……。

ふと、お清のことを思い出し、お初は、嫌な予感がしました。

お千代は、お清のことは心配する必要はないと言っていましたが、何を根拠にした言葉なのかはわかりません。夏繭の糸繰りが始まってから雰囲気の一変した製糸部で、お清がどうしているかが気がかりでした。何か特別な事情が工女たちを苛《さいな》んでいるのだとしたら、お清の身にもお千代と同じことが起こらないとは限りません。いつ何時、枕元にお清の悲鳴が聞こえてくるかもしれないと思うと、お初は身が竦《すく》むような思いでした。

心配なのは、お清たちだけではありません。若旦那さんの様子は、日増しにおかしくなってきています。憑《つ》かれたように養蚕場に通い詰め衰弱していく姿には、鬼気迫るものがありました。このままでは、いずれ取り返しのつかぬまでに、身体を壊してしまうでしょう。奉公人の分際で差し出がましいことはしたくありませんでしたが、何とかしてあげたいという気持ちは抑えようがありませんでした。

不可解なことが起こり始めたのが夏繭の搬出と時期を同じくしているということは、原因が養蚕場から発していると考えても、不自然ではありません。お初は、養蚕部で何が行われているのか、どうしても知りたくなってきました。自分ひとりが皆から隔離され、周りで起こっている不可解な出来事にビクビクしているのが、不安で堪《たま》りません。このままジッと手を拱《こまね》いていると、そのうちにすべてが手遅れになりそうな気がして、居ても立ってもいられなくなってきました。

――もう、こんな、蛇の生殺しみたいなのは、うんざりだ……。

養蚕場に行ってみるんだ――お初は、そう自分に言い聞かせました。

真相を知るには、それしか手はありません。機会を窺《うかが》いながら、それとなく事情を探るのです。こっそり忍んでいって、誰かに事情を聞きだすのです。見つかったら、皆に会いたかった、若旦那さんの健康が心配だったと泣いて謝るのです。そうすれば、許してもらえるかもしれません。優しい蛾治助さんが、庇《かば》ってくれるかもしれません。若旦那さんも、こちらがこれほど心配しているんだと気づいてくれるかもしれません。

お初は、緊張で胸がドキドキしてきました。奉公人の分際でこんな大それたことを企《たくら》む自分が、凄《すご》くいけない人間に思えます。でも、いったんこうと決めたら、もう後戻りできそうもありませんでした。

——とりあえず、明日は、新工部屋を覗《のぞ》いてみよう。ひょっとすると、お千代も、まだ、あそこにいるかもしれねえ……。

お初は、そう心に決めて、布団をかぶりました。さっきの騒ぎですっかり目が冴《さ》えてしまっていましたが、なんとか気持ちを落ち着けようと無理に瞼《まぶた》を閉じます。外は夜闇が深みを増し、夜狩鳥の鳴き声が一段と艶《なまめ》かしく響いていました。じっと夜の歌姫の媚声《びせい》を聞いているうちに、ふと、あることを思い出します。

——そう言や、婦繰さんは、お千代が女工唄《うた》を歌っていたと言ってたが……。

世を儚むような辛い目に遭いながらもあの歌を歌っていたとは、よほど故郷が恋しかったに違いありません。それを慮《おもんぱか》ると、婦繰さんの披露していた歌声が、ひどく憎らしく思えてきました。聞く者をうっとりさせる荒くれの喉《のど》が、詐欺師の二枚舌のように思えてなりませんでした。

お千代の音痴な歌声がやけに恋しくなり、目頭を熱くした時です——。

夜狩鳥の鳴き声が、急に艶かしさを増しました。

ハッとした瞬間、小動物が餌食《えじき》になる断末魔が聞こえます。

お初は、思わず耳をふさぎました——。

翌日、お初は、朝の仕事を終えると、蛾治助さんがあれるぎー検査をしに来るのを、首を長くして待ちました。ある名案を思いつき、それを試してみることにしたのです。

「ややや、遅れてすまん」

蛾治助さんは、赤い目を瞬かせながら、いつもよりちょっと遅くやって来ました。どうやら、昨夜のお千代の件で仕事終《じま》いが遅くなり、朝の予定がずれこんだようです。でも、お初は、お千代のことはおくびにも出さずに、

「お早うごぜます。お茶っこをどうぞ」

いつもと変わらぬ態度で挨拶《あいさつ》しました。

「うむ、ありがとう」

蛾治助さんも、つらっとしたもの。昨夜の事など、とうに忘れてしまったかのよう。平和な顔でお茶を一口啜《すす》ると、

「どれどれ」

お初の腕の包帯を解きました。

染みひとつ無い、健康な肌が朝の陽射しに晒《さら》されます。

「うん、発疹が出ていないところをみると、大丈夫。この調合なら、あれるぎーの心配をせずに、薬が飲めるぞ。夏繭の仕事がひと段落したら、丸薬にして持ってくるから、待っとってくれ。まずは、めでたしめでたしじゃ」

蛾治助さんが嬉《うれ》しそうに告げたので、お初は、

「長いこと、ありがとうさんでした」

床に手をついて、頭を下げました。

「うんうん、良かったのう。今年は、もうすぐ養蚕場の仕事もお終いなので、仕事に戻るには遅すぎるが、薬を飲みながら来年に備えればいい。婆やも、屋敷に置いといても構わんと言ってくれてるから、お言葉に甘えて、お勤めさせていただけ」

「はい」

「よし、それでは、わしは、製糸部のほうで旦那さんと打ち合わせがあるので、もう行くよ」

蛾治助さんが、縁側から腰を上げます。

「蛾治助さん」

お初は、すかさず呼び止めました。

「なんじゃ？」

「久しぶりに、宿舎の大きな風呂《ふろ》に浸《つ》かりてえんだが、駄目だかね？」

「うーむ、そうじゃの、もう夏繭作りも山場は越えたし、蚕病の心配もせんでもええから、構わんよ。ただし、今は風呂を使う者がおらんで、湯は沸いとらんぞ」

蛾治助さんが肩を竦《すく》めます。

「へへ、本当のこと言うと、腕の包帯も取れたすけ、誰もいねえ広い湯船でひと泳ぎしたかったのっす。お湯じゃ湯中《ゆあた》りしそうだから、水風呂のほうが都合がええっちゃ」

お初が嘘を言うと、蛾治助さんは疑う様子もなく苦笑いし、

「まったく、お前さんという娘は、いつになっても子供みたいじゃな。まあ、勝手にすれば良いさ。ほいじゃの」

さっさと踵《きびす》を返して行ってしまいました。

まんまと目論見《もくろみ》が功を奏し、お初は、胸の中で「しめた」と呟《つぶや》きました。蛾治助さんを騙《だま》すのは気が引けましたが、今は、そんなことを気にしている場合ではありません。

「婆やさん、すんません。蛾治助さんから許しが出たんで、ちょっくら行ってきます」

お初は、婆やに一言断ると、すぐさま新工部屋に走りました。

宿舎の入り口をくぐると、中はガランとして薄気味悪いぐらいでした。あれだけ皆でワイワイガヤガヤやっていたのが、嘘のよう。和やかな桃源郷は、ほんの数週間見ないうちに、廃墟《はいきょ》のような殺伐とした空間に変わり果てていました。

お初は、すばやく辺りを見回しながら、まだ誰か残ってはいはしないかと、

「おーい」

小声で呼んでみました。

返事はありません。

念のため、二階に駆け上がり、新工部屋を見回します。

やはり誰もいません。

ガランと空っぽの座敷は、しばらく使われた形跡がありません。新工たちの寝具はキチンと畳まれ、私物棚の下の空間に収められていました。なぜか私物棚の物品はきれいに取り払われています。各自の名札だけが墓碑銘のように残されていました。窓から射しこむ陽の光が、畳の上を燦々《さんさん》と照らしています。どこか、嘘臭い情景でした。

お初は、再び階下にとって返すと、賄い場を覗きました。思わず、目を瞬かせます。ここも、しばらく使われていないのが一目瞭然《りょうぜん》。食材の貯蔵庫には、食料が一切残っていませんでした。

――変だ、変だぞ。

蛾治助さんは養蚕場に簡単な食事を差し入れていると言っていましたが、食材もなしに料理ができるわけがありません。

――ま、まさか、皆、飲まず食わずだってえのか？

ふと、お蚕さんの習性を思い出します。蚕の幼虫は営繭《えいけん》に入るまでは旺盛《おうせい》な食欲をみせますが、いったん繭を作りだすと一切餌を食べずに糸を吐き続けるのです。お初は、仲間たちが養蚕場で糸を吐いている奇怪な情景を想像して、背筋がゾクリとしました。

思わずその場から後退《あとずさ》りすると、左手に脱衣所の廊下が見えました。突き当たりには、養蚕場に通じる引き戸……。

お初は、ゴクリと生唾《なまつば》を呑《の》みました。理由《わけ》もなく、動悸《どうき》が徐々に激しくなってきます。ふと気づくと、両脚がジーンと痺《しび》れて、手が微《かす》かに震えていました。つい、その場から走り去りたい衝動に駆られます。でも、ここで逃げたりしたら、永久に、真相を知る機会はやって来ない気がしました。

──何を怖がってんだ？　皆に会いてえんだろ？　しっかりしろ！

お初は、嫌がる足を無理やり前に出しました。高々七間《約十二・五メートル》ほどの廊下が、数倍も長く見えます。ギシッ、ギシッと床板の軋《きし》む音……音の反響のせいか、後ろから誰かがついてくるように聞こえ、つい、何度も後ろを振り返ってしまいます。左手の風呂場……薬湯の白い水面が、まるで陰気な古沼。中から何かがガバーッと現われそうな気がして、お初は、思わず身を硬くしました。

やっとの思いで養蚕場の入り口に辿《たど》り着きます。

お初はドクドクと高鳴る動悸を鎮めようと、大きく深呼吸しました。

震える手を引き戸にかけて、ソッと横に引いてみます。鍵《かぎ》がかかっていて、ビクともしません。

恐々《こわごわ》、耳を戸に当てます。何も聞こえません。話し声はおろか、足音ひとつしません。いくら養蚕場の中が静粛行動だといっても、あまりにも静か過ぎます。人の気配がありません。生きた人の息吹《いぶき》が感じられないのです。

——み、皆、どうしちまったんだ……。

勇気を振り絞って、

「誰か……誰かいねのけ？」

中に声をかけてみます。

返事は無し。

「お咲……お静……」

——誰か返事してけれ！

祈るような気持ち。

でも、中からは、やはりなんの応答もありません。

——そ、そんな……。

お初は、顔からスーッと血の気が引きました。同時に、脳裏にある事が閃《ひらめ》いて、悲鳴をあげそうになります。以前に抱いた妄想が、頭の中で再び鎌首をもたげたのです。

──や、やっぱり、そうだったんだ……やっぱり、あれが！

養蚕場の中に異様な邪気を感じた気がして、お初は戸口から後退りました。途端に、必死に張り詰めていたものが、プツンと呆気《あっけ》なく切れます。

お初は出し抜けに踵を返すと、一目散に駆け出しました。脇目など振りません。前だけを一心に見つめます。廊下を駆け抜け、板の間を突っ切り、玄関口から草履を引っ掴《つか》み、つんのめるように庭先に飛び出します。そのままお屋敷の前まで一気に逃げ帰り、ようやく養蚕小屋を振り返りました。

いつも見慣れた白壁の建物が、明るい陽射しを撥《は》ね返し、眩《まぶ》しく輝いています。まるで、あやかしの笑顔で笑っているようでした。

お初は、ハアハアと肩で息をしながら、凝然と立ち尽くしました。

暖かな陽だまりに立っているのに、怖くて怖くて、震えが止まりません。

あれほど早く仕事に戻りたかった養蚕小屋が、異形《いぎょう》の館《やかた》に見えます。

──魔物だ！　やっぱり、あそこには、人の魂を吸い取る魔物が棲《す》みついてたんだ！

以前に抱いた妄想、一旦《いったん》は打ち消した妄想！　しかし、どんな突飛な想像と笑われようと、今のお初には、それしか考えつきません。自分の勘に狂いはないという確信がありました。

——いけねえ！　いけねえ！　このままじゃ、手遅れになっちまう！

お初は、胸の中で、うわ言のように呟きました。

——あの男《ひと》を、これ以上ここに来させちゃ、絶対になんねえ！

魂をすっかり抜き取られてしまう前に、何とかして若旦那《わかだんな》さんを止めなければ——

お初は、そう叫びそうになるのを必死に堪《こら》えました——。

十三

若旦那さんの足音が、部屋の前を横切る気配がします。

お初は、ソッと布団から出ると、襖《ふすま》の向こうにジッと聞き耳を立てました。

玄関の戸が開き、足音が、庭から養蚕小屋のほうへ遠ざかって行くのが聞こえます。

やがて、養蚕小屋の入り口がギィと開き、すぐにガタンと閉じる音。

お初は、寝間着を着物に着替えると、足音を忍ばせながら庭に出て、素早く表の様子を窺《うかが》いました。

空には、天高く、まん丸いお月様が輝いています。月の光に照らされて、辺り一面が、鈍色《にびいろ》に染まっていました。周りに人の気配はありません。工場のほうから、繰糸機の音が微《かす》かに洩《も》れてくるだけでした。

お初は、目の前に佇《たたず》む養蚕小屋を睨《にら》むと、

――やめるなら、今だぞ。今なら、引き返せる。

今一度、自分に問いかけました。

でも、三日前に新工《シンコ》宿舎に出かけていってから、さんざん考え抜き、答えはすでに決まっています。もう、後には退《ひ》けませんでした。

お初は、あの日以来、どうやって若旦那さんの養蚕場通いを止めさせようかと、いろいろ思いを巡らせましたが、結局、それが不可能だと思い知りました。養蚕場で何か不可解なことが起こっているのは直感でわかるのですが、それはあくまで自分の憶測でしかありません。実際に中を見てみないことには、何を言っても、想像力旺盛《おうせい》な小娘の思い描いた夢物語としか思われないのです。

お初は、蛾治助さんの気がつかないところで、養蚕場に棲《す》みついた奇怪な魔物が、仲間や若旦那さんをたぶらかして魂を吸い尽くそうとしているのだと確信していました。その魔物は、強い大人の前には姿を現わさず、幼気《いたいけ》ない娘や疲れた若者の心の隙につけこむ狡賢《ずるがしこ》い物《もの》の怪《け》です。きっと、目に見えない悪霊のようなものなのでしょう。新工宿舎の引き戸越しに中の気配を窺った時も、その魔物は、皆をたぶらかしている真っ最中だったのかもしれません。

でも、こんなことをいくら説明しようとしたところで、誰が信じてくれましょう。

こうなったら、中で皆が被害にあっている現場に踏みこみ、本人たちの目を覚まさせてやるしか手はないと思いました。ひょっとすると、自分も魔物の虜《とりこ》にされるかもしれません。でも、大事な仲間や可哀相な若旦那さんがみすみす餌食《えじき》にされるのを、手を拱《こまね》いて見ているることだけはできませんでした。自分可愛さに他人を見捨てることだけは、もうしたくありません。お清の時のような後悔は、もう懲りごりでした。あとを尾《つ》けたと知ったら、若旦那さんは、きっと怒るでしょう。

でも……、

──あの男《ひと》のことを思って、することった。もし見つかって咎《とが》められたら、正直にそう言おう……。

そう自分に言い聞かせるしかありませんでした。

お初は、抜き足差し足で慎重に養蚕小屋まで忍んでいくと、胸の動悸《どうき》を抑えながら扉に耳をあてました。

予期したとおり、中からは、何も聞こえません。

お初は、思い切って、

「若旦那さん」

小声で呼んでみました。

返事はありません。その代わり、ふと、予期せぬものが聞こえてきて、お初はドキりとしました。苦しそうな喘《あえ》ぎ声。間違いなく、若旦那さんの声！　尋常ではありません。やはり、予想は当たっていました。若旦那さんは、今、魔物に苛《さいな》まれている最中なのです。もう放っておくわけにはいきません！

錠前は外れています。お初は、意を決して、扉を開けました。

中から、消毒薬の臭いに混じって、むっと強烈な臭いが鼻をつきました。饐《す》えた体臭のような、動物性の臭い……。えぐさが製糸部から漂ってくる煮繭《にまゆ》の臭いと似ています。以前には臭わなかったところからして、養蚕の最中にお蚕さんが発する臭いに違いありません。

一階に灯《あか》りは点《とも》っておらず、二階から洩れてくる灯油ランプの灯りが、部屋を薄ぼんやりと照らしていました。人影はなく、足元に養蚕箱がずらりと並んでいるだけ。もう搬出を待つだけの養蚕箱には、どれも担当工女の名札を貼った蓋《ふた》がしてあります。蛾治助さんに初めてこの部屋に案内された時に、新工の一人が、養蚕箱が棺桶《かんおけ》に見えると言っていたのを思い出し、お初は、首筋がチリリとしました。

若旦那さんの声は、二階から聞こえてきます。梁《はり》に渡した二階の床板が、喘ぎ声と共にギシギシと軋《きし》んでいました。

――皆も、二階なのか？

お初は、養蚕箱の間を縫いながら、恐々《こわごわ》、階段の上がり口へ近づいていきました。

狭い通路に薄暗い足元……二階に気を取られているうちに、誤って養蚕箱の角に向こう脛《ずね》をぶつけてしまいます。

——痛《いて》っ！

思わず足を押さえて、その場に蹲《うずくま》りかけた時、視界の端に何かが飛びこんできました。養蚕箱の名札に記された名前……『お千代』……ひとりでに足が止まります。何か変です。

——養蚕担当でもないお千代の名前が、なんでここに？

誘われるように、その養蚕箱の脇に屈《かが》みこみます。名札に目を凝らすと、名前の下に小さく母蛾《ははが》の産卵の日付が記してありました。お千代の悲鳴が聞こえた、あの晩の日付……。

お初は嫌な予感がしました。開けてはいけないと知りつつ、つい、箱に手がのびます。恐々、蓋を持ち上げ、中を覗《のぞ》こうとした時——、いきなり、二階でヒーッと甲高い声が響き渡り、お初はギクッとして蓋から手を放しました。

——若旦那さん！

お初は、慌てて階段の上がり口に走りました。気が動顚《どうてん》して足がガクガクしましたが、這《は》うようにして無理やり階段を上がります。転がりこむように二階の作業場に躍り出て、思わず息を呑《の》みました。

部屋の中央の大きな台の上、灯油ランプがユラユラと艶《なまめ》かしい灯りを放つ横で、一糸纏《まと》わぬ若旦那さんが、何かに跨《また》がってしきりに腰を動かしているではないですか。上気した肌、荒い息づかい、恍惚《こうこつ》とした表情……時々、感極まったような表情で首を仰《の》け反らせては、ヒーヒーと歓喜の叫びを上げます。夢中になっているせいでしょう、お初に見られているのにもまるで気づきません。

お初は、身体が硬直して、身動《みじろ》ぎひとつできませんでした。膝《ひざ》がガクガクして、立っているのがやっとです。異様な光景に目が釘《くぎ》づけになり、視線を逸《そ》らすことさえできません。

若旦那さんの全身からは玉のような汗が滴り落ち、跨っている物体をしとどに濡《ぬ》らしていました。虹色《にじいろ》の光沢を帯びたその白い物体は、お初と等身大ぐらいの大きさで、一見、ばかでかい繭玉《まゆだま》のようにも見えます。でも、形はずっと歪《いびつ》で、起伏の盛り上がり方が何かに似ていました。そうです、何かに、何かに……。

その何かに思い当たり、一瞬、頭の中が真っ白になります。

「アワワワワ……」

次の瞬間、お初は、腰を抜かして、ヘナヘナとその場にへたりこんでしまいました。

――お咲！

そうです。若旦那《わかだんな》さんの下に横たわっているのは、蜘蛛《くも》の巣に巻き取られた虫のように変わり果てた姿のお咲でした。愛嬌《あいきょう》のある丸い横顔、ふくよかな胸、ずん胴、でかい尻《しり》、よく肥《おお》った大根のような脚……見紛《みまが》うはずもありません！

お初は、全身がガクガク震えました。あまりの恐怖に、叫び声さえ出せず、ただ口をパクパクさせるだけです。不意に太股《ふともも》の辺りが生温かくなったと思ったら、小便を洩《も》らしていました。

やがて、お咲の上で有頂天になっていた若旦那さんが、ヒーッと奇声を上げて背中をエビ反らせたかと思うと、ビクンビクンと全身を痙攣《けいれん》させました。そして、「陰《ほと》のイモ虫、千両役者！」と意味不明の雄叫《おたけ》びを上げて、グッタリとお咲の隣に仰向《あおむ》けになります。ゼーゼーという喘ぎと共に、激しく上下する胸。滝のような汗。何かの汚物に塗《まみ》れた摩羅《まら》が、天に向かって屹立《きつりつ》したままビクビクと脈打っていました。上品でひ弱そうな平素の面影は、どこにもありません。まるで、醜怪な動物！　見ているだけでザワザワと鳥肌が立ちました。

もう、一時たりともこんな所にはいられません。お初は、這いつくばったまま、その場に背を向けようとしました。

ところが、

――えっ……？

お初は、視界の端に何か奇妙な物を見たような気がして、恐々、後ろを振り返りました。目に飛びこんできたものに、ギョッとして息を呑みます。若旦那さんの摩羅で引き裂かれたお咲の陰から、真っ黒い何かがいくつもモゾモゾ這い出してきて、股間《こかん》でのたくっているではないですか！

目を凝らしてその正体を知った時、お初は絶叫しました。

なんと、それは、かつて見たこともないほど大きな黒いイモ虫でした。大人の親指を数倍大きくしたようなお化けみたいな虫が、お咲の陰から湧いているのでした。

お初は、我を忘れて、叫び続けました。恐怖を口から吐き出さないと、気が狂いそうです。これは夢に違いない、悪い夢なら覚めてくれと、何度も何度も叫び続けました。

悲鳴を聞きつけ、若旦那さんは、ようやく我に返ったようでした。台からむっくり起き上がると、

「見たなー！」

凄《すさ》まじい形相《ぎょうそう》で、お初に向かってきます。

「ウワーッ！」

お初は、階段の下り口まで這って逃げると、階段に身を投げ出し、尻で一気に階下まで滑り落ちました。そのまますぐに戸口へ走ろうとしましたが、腰が痛くて立ち上

がることができません。そうこうしているうちに、若旦那さんが追いついて、お初に挑みかかってきました。

「嫌《や》ーッ!」

お初は、無我夢中で抗《あらが》いました。でも、優男《やさおとこ》に見えても、若旦那さんの腕力は、お初の比ではありません。すぐに床に組み伏せられ、お初はギャーギャー泣き喚《わめ》きました。

「シーッ! 大きな声を出すんじゃない。でないと、皆がやって来る。そうなったら、もっと面倒なことになるぞ」

若旦那さんが、お初の口をふさぎ、押し殺した声で囁《ささや》きます。

お初は、ハッとしました。確かに、勝手に養蚕場に入ったことが皆に知れたら、ただではすみません。ここは、おとなしく若旦那さんの言うことをきくしかありませんでした。

お初は、抗うのをやめると、床に膝をつき、

「お願《ねげ》えです、許してくだせえ。悪気は、ねかったんです!」

泣きながら頭を下げました。

若旦那さんが、腕の力を緩めて、

「お初は、いけない娘だな。何であとを尾《つ》けたりした? なんで覗き見なんかしたん

だ？」

お初を睨《にら》みつけます。虚《うつ》ろな眼光。どろんとしているのにひどく凶暴そうな、気味の悪い目つき！

「すんません！　すんません！　若旦那さんが心配だったすけ、つい出来心で！」

お初が竦《すく》みあがって答えると、若旦那さんは、

「心配？」

不思議そうに首を傾げました。

「……だって、夜遅くに出かけた次の日は、いつもお顔の色が悪いし、お食事もあまり召し上がらないんだもの……まるで魔物に憑《つ》かれて魂を抜かれたみてえで……」

お初が必死に理由《わけ》を説明しようとすると、若旦那さんが脂じみた頬を拭《ぬぐ》いながら、

「魔物？　そいつはいいや。当たらずといえども遠からずだ。あたしは、いつのまにか魂を抜かれちまったのかもしれないぞ。養蚕場に夜這いをかけるなんて、魔物に憑かれたとしか思えないものな」

おかしそうにクックッと笑います。

「夜這い……？」

お初は、ドキリとしました。言葉の意味だけは知っています。と言うことは、さっき目撃した行為が……。

「そうさ。この時季になると、大勢の箱入り娘が、ここで、あたしが来るのを待ってくれているんだ。夏繭の糸繰りが始まって、蛾治助が立ち会いに出ている夜更けが、あたしの時間なのさ」

若旦那さんが、ニーッと卑しげに口元を歪《ゆが》めて、

「ほら、ごらん」

脇の養蚕箱の蓋《ふた》を開けます。お千代の名札のついた箱……。

恐々、中を覗《のぞ》きこんで、お初はグラリと目眩《めまい》がしました。箱の中には、思い描いていたような繭は一粒もありません。その代わり、お咲と同じように変わり果てた姿のお千代が、眠るかのように横たわっていました。

「こ、これは、いってえ……？」

お初は、喘《あえ》ぎながら、若旦那さんを見上げました。

「ごらんのとおり、人繭さ。この養蚕箱には、どれも人繭が入っている」

お初は耳を疑いました。養蚕箱は少なくとも二十箱以上残っています。と言うことは……。

「もしかして、人繭ってえのは、皆、新工たちなのけ……？」

お初が声を戦慄《おのの》かせると、若旦那さんは、

「ああ、おぼこ糸用の繭は、生娘《きむすめ》の新工が原料だからな。糸繰りに連れていかれた娘

以外は、皆、ここにいるよ」

しごく当然そうに頷《うなず》きました。

「そんな……」

お初は、急に身体の力が抜け、その場にペタリと尻をつきました。

――何てこった……おらが屋敷勤めしている間に、皆、繭にされちまったんだ！

思いもよらぬ話に、ただ茫然《ぼうぜん》とするばかり。俄《にわ》かには信じられない気持ちです。でも、耳を澄ますと、確かに、あっちこっちの箱から幼虫の蠢《うごめ》く音がします。カサカサピチャピチャカリカリ……不気味な音に、お初は身体の芯《しん》が冷たくなるのを覚えました。

「で、でも、いってえ、どうやって？　どうやって皆を繭に？」

恐怖に引きつったお初の顔に、若旦那さんがニヤリとして、

「ふふ、知りたいかい？」

脇の棚に並んでいる親蛾の籠《かご》のひとつを取り上げました。お初の前に置き、かけてある覆い布をソッと外します。羽の差し渡しが八寸《約二十四センチ》はある真っ黒い蛾が、籠の中にびっしり張りついていました。

「これは、蛾治助と親父が長い間かかって育て増やした山繭蛾《やままゆが》だ。蚕喜村の山中にしかいない稀《まれ》な品種で、親父の名づけた品種名は『幼女姦蝶《ようじよかんちよう》』。生きた動物に卵を産み

つけて殺し、その屍《しかばね》を営繭《えいけん》に使う性質を持っている。卵から獲物を麻痺《まひ》させて殺す毒素が出るが、この毒素には、獲物が腐らないようにしたり型崩れしないようにしたりする働きもあるんだ。中で孵《かえ》った幼虫たちは、屍の表面に生じた薄皮一枚残して、あとは骨まで貪《むさぼ》り尽くして肥え太る。そして、脱皮を繰り返して終齢に達すると、薄皮の下で一斉に糸を吐いて、共同で一個の大きな繭を作るんだ」

言いながら若旦那《わかだんな》さんは、お千代を指差しました。

「ごらん。この人繭は、まだ、営繭が始まったばかりだ」

言われて嫌々目を凝らすと、繭の中で黒い幼虫たちが首を八の字を書くように振りながら糸を吐いているのが、透けて見えました。お千代の血肉を思う存分食した幼虫たちの動きは、活気に満ち、途切れることがありません。まるで、お千代の身体を遊び場にして、皆で楽しげに舞を舞っているようです。お初は、吐き気とともに、形容し難い心の痛みを覚えました。

でも、若旦那さんは、そんなお初の気持ちを解した様子もなく、

「この山繭蛾は奇態な奴らでね、幼女、生娘の血肉を食らうと見事な糸を吐くくせに、月の物が始まった娘じゃ二級品のペケ糸しか作らない。男を知った身体だと、糸の質はもっと落ちる。蛾治助が言うには、女性ほるもんとか言うものが関係しているらしい。新工に正娘丸《せいじょうがん》を与えて月の物を抑えてしまうのも、衛生上の理由なんかじゃなく、

極上繭に仕上げるためだ。この娘の繭は、黒ずんで艶《つや》がない。確か、糸繰り場からの出戻り娘だったはずだが、これじゃ、つまらない二級品にしかならないだろうな」

お千代を見下ろしながら、鼻で笑いました。

死んでも格づけされたのでは、浮かばれない話です。製糸部で役に立たなくなった工女の末路……お初は、お千代が憐《あわ》れでなりませんでした。

――そうだ、格づけといえば……。

お初は、ふと、お静のことを思い出しました。早々に宿舎から姿を消しましたが、あれ以来、まるで姿を見ていません。ひょっとして、繭にされずに、まだどこかで生きているのではないか――そんな思いに駆られて、お初は、若旦那さんの前に両手をつきました。

「若旦那さん、お願えです、教《おせ》えてございい。お静は、どこに行ったのすか？」

「お静？」

いきなり訊《たず》ねられ、若旦那さんは、一瞬、怪訝《けげん》そうな顔をしましたが、

「ああ、仲良しのおチビさんか。あの娘なら、あそこだよ」

部屋の奥にある扉に顎《あご》をしゃくりました。蛾治助さんが「保冷庫」と呼んでいた氷《ひ》室《むろ》の入り口……。

――な、なんで氷室なんかに？

お初は、嫌な予感がして、ゴクリと生唾《なまつば》を呑《の》みました。

お初の不安そうな表情を見て、若旦那さんが苦笑を洩《も》らし、

「おいで、会わせてあげる」

お初の手を引きます。

お初は、思わず身を硬くしました。

「どうしたのさ？　さあ、遠慮しないで。仲良しに会いたいんだろう？」

からかうような口調。

ここで逆らっても、仕方がありません。お静がどうなったのか見極めなくてはなりません……。

お初は、覚悟を決めると、黙って若旦那さんに従いました。

氷室の前に立つと、若旦那さんは、閂《かんぬき》を外して扉を開きました。中から冷やりとした空気が流れ出てきて、思わず身震いがします。中を覗《のぞ》いて、お初は顔が引きつりました。

暗い室の中には、養蚕箱は置いてありません。その代わり、真ん中に大きな氷の塊がデンと鎮座し、その周りをコの字に囲むように、三段式の寝台が六台並んでいました。寝台には、全裸の娘たちが、寝具もかけずに横たわっています。繭にされた形跡はなく、身体は無傷のまま。でも、体表は血の気がなく、蠟《ろう》を引いたように真っ白で

した。皆、目を閉じた安らかな表情のまま、身動《みじろ》ぎひとつしません。一見してぐっすり寝入っているようにも見えますが、室の中には寝息ひとつ聞こえませんでした。だいたい、こんな寒い場所で裸のままでいて、平気でいられるはずがありません。目の前に並んでいるのは、明らかに死体でした。

「ほら、仲良しはあそこにいる。挨拶《あいさつ》してくるといい」

素っ裸で中に入るのは寒くて嫌なのでしょう、若旦那さんは、氷室の戸口に立ったまま寝台のひとつを指差し、お初の背を押しました。

中に入った途端、息が真っ白になり、お初は、両腕で胸を掻《か》き抱きました。身体がブルブル震えるのは、寒さのせいだけではありません。目の前に累々と横たわる白い骸《むくろ》……まともに見ていると、自分の命まで消え失《う》せてしまいそうな切実な恐怖に駆られます。死が自分の意思などお構いなしに唐突にやって来るものだということ、そして、これほど身近なものだということを思い知らされ、お初は、震えが止まりませんでした。

お静は、室の突き当たりの寝台の下段に、小さな身体を横たえていました。眠るような表情が、どこか淋《さび》しそう。繭にされるでもなく、いったい何のために殺され放置されているのか、まるで見当がつきません。

「なして……なして、こったらところに……？」

お初が居たたまれぬ思いで呟《つぶや》くと、若旦那さんが、

「来年まで、ここに置いておくためさ。この娘らは身体つきが貧弱だから、繭にしても歩留まりが悪い。ペケ糸にしても元が取れそうもない時は、こうして養蚕紙にして保存しておくんだ」

したり顔で答えました。

「養蚕紙だって？」

「ああ、山繭蛾の卵からは、巣くった者の身体が腐らないようにする成分が出るし、産卵後すぐに涼しい所へ移せば卵も孵らない。こうして氷室に入れておけば、越年卵として翌年まで保存できる。春になって新工が来たら、頃合を見ながら温かい場所に移して孵化《ふか》させ、養蚕用の種蛾にするのさ。普通の養蚕では紙に産卵させるので、養蚕紙と呼んでいるが、うちのは養蚕娘とでも呼んだほうがいいのかな」

若旦那さんの淡々とした説明に、お初は愕然《がくぜん》としました。おぼこ糸だの養蚕紙だの、すべてが巧妙な仕組みに出来上がっています。いったいどうしたらこんな惨《むご》いことを考えつくことができるのか、お初は想像しただけで胸が悪くなってきました。

「ふふ、どうだい、蛾治助の編み出した養蚕の技はたいしたものだろう？『幼女姦蝶』は元々は普通の山繭蛾だったが、この辺りの劣悪な環境の中で生きているうちに、味覚に異常をきたして広食性《こうしょくせい》になった個体同士が代を重ね、次第に雑食、肉食へと特

殊な生態を身につけたらしい。でも、所詮《しょせん》は、自然界の底辺で細々と生きる落ちこぼれみたいな存在だ。肉食と言っても、あまり凶暴な性質ではないし繁殖力も弱いから、ほとんど死に絶えかけていたんだ」

若旦那さんが、ひどく難しい話をします。お初には、半分も理解できませんでしたが、ぼんやりわかるのは、『幼女姦蝶』がとてもしぶとい生き物だということです。己をさもしい姿に変えながら上質な糸を吐くその性質が、この会社の有様そのままのような気がしました。

「そんなオンボロ蛾をここまで生産性の高い家蚕《かさん》に改良しただけでも、蛾治助の技術は神業としか言いようがない。人が手を貸してやれば、立派な蛾になることを初めから見抜いていたんだからな……。まあ、あいつにとっちゃ、幼い頃から慣れ親しんできた遊びのようなものだから、腕が良くて当然なんだけど」

「子供の頃からの遊び……？」

「そうさ、山で虫の息の行き倒れた人を見つけると、蛾をたからせて玩具《おもちゃ》にしていたのさ。親父が初めて見せられた真綿は、親に捨てられた幼女で作ったものだったそうだ。幼い頃から一人で山野渡りをしていたせいか、して良いことと悪いことの区別がつかなかったらしい。長いことかけて、親父が世間の常識や行儀作法を教えこんだけど、今でも、昔の悪癖が抜けないらしく、捨て子や宿無しの若者を見かけると、時々、こっそり連れ帰っては玩具にしているよ」

「玩具に？」

「ああ、技を磨くための材料だ。いつも同じ仕事ばかりじゃつまらないので、機会があるたびに、いろんなことを試しているのさ。前にも、村の駐在が捕まえてきた浮浪児を使って、漆黒の繭を作ったそうだ。あまり出来栄えが良かったので、そのうちに親父に相談して、商品目録に加えさせるんだと、はりきっていたよ。まったく、たいした奴さ」

──ま、まさか……嘘だ……。

蛾治助さんが生まれつきの変態殺人鬼だとは、俄《にわ》かには信じ難いことです。しかし、目の前の惨状は夢、幻ではありません。以前、得意そうに皆に披露していた黒い生糸のことも、若旦那《わかだんな》さんの話と嚙《か》み合います。とすると、養蚕場の掃除の際にゴミの山の中にあった子供の衣服は、やはり、犠牲者の遺留品！　この養蚕場は、ずっと、人を殺《あや》め加工する作業場だったのです。

「で、でも……」

もしそうだとしても、まだわからないことがあります。

「じゃあ、なんで、蛾治助さんはおらを繭にしねえで、あんなに親切にしてくれたんだ？　なんで、おらだけを特別扱いしてお屋敷勤めにしたんだ？　繭にしたけりゃ、いつでもできたはずなのに……」

お初が混乱して呟《つぶや》くと、若旦那さんは、気まずそうにポリポリと首の後ろを掻《か》きながら、

「そりゃあ、お前さんを何とか極上の繭にしたかったからさ。正娘丸には、月の物がこないようにするのと同時に、麻薬成分で酔わせて何をされてもわからないようにしてしまう効能がある。そうしないと、良い繭を作るのは難しいんだ。だから、正娘丸あれるぎーのお初のために、代わりの薬を調合する必要があったのさ。お前さんを皆から離して屋敷勤めにしたのは、皆を麻薬漬けにしているのを悟られないようにするためだ」

肩を竦《すく》めてみせました。

皆が日増しに惚《ほう》けていった理由がわかり、お初は、頭の後ろをひっぱたかれたような衝撃を覚えました。今まで繭にされなかったのは、単に薬が身体に馴染《なじ》まなかったから……そして、蛾治助さんは、三日前、とうとう、新しい薬の調合を終えました。と言うことは……。頭の中で早鐘が鳴り響きます。胸の中で、切羽詰まった焦りが渦巻きだしました。

「どうだい、すべてが抜け目なく仕組まれているだろう？」

若旦那さんが、お初の胸の内を見透かしたように、冷ややかな笑みを浮かべます。

「親父は、ご先祖様譲りの奇態な性分のうえに悪達者《わるだっしゃ》ときているから、この商いにはぴったりなのさ。お上《かみ》や取引業者なんかに鼻薬を嗅《か》がせて手なずけて、やってることが咎《とが》められないように奸謀《かんぼう》術策を張り巡らしてあるし、製糸工場経営はすべて世のため人のためと言って、工女の親をうまく丸めこむから、新工はいくらでもやって来る。天職とは、まさにこのことだ」

——な、なんだって？

お初は、悲鳴が洩《も》れそうになりました。とても、信じられません。いえ、信じたくありません。

「そ、それじゃ、大人は皆、ここのことを知ってて……？」

「そう、皆、承知している。村に出入りしている手配人が、契約の時にそれとなく匂わせて承諾を取るから、親は文句を言わない。いや、奉公に出したほうが娘も幸せだ、と思いこもうとする。警察や役人は、貧乏な家から捨て子や浮浪児が出るよりはマシと目を瞑《つむ》る。おぼこ糸の素晴らしさに金に糸目をつけない金満家が群がる。工女たちが生糸になると良いこと尽くめに聞こえるから、ほんと不思議じゃないか」

若旦那さんが、皮肉に鼻を鳴らします。お初は目眩《めまい》がしました。

「さて、これでわかったろう？　納得したなら、もうそろそろ、氷室から出たほうがいい。冷えすぎて顔が真っ青だ。お前さんに風邪でもひかせた日には、このあたしが大目玉を食らってしまう」

ぞんざいに手招きされ、お初は、震える脚を引きずるように氷室から出ました。そのままなす術《すべ》もなく、茫然《ぼうぜん》とお千代の養蚕箱の脇に立ちすくんでいると、若旦那さんが、

「大丈夫、何も心配はいらない。さっきも言ったように、繭になるのはたいして辛《つら》いことじゃない。人によっちゃ、生きてここを出るほうが、よっぽど辛いはずさ。自分のしていることに耐えられなくなって自殺しようとする工女があとを絶たないのが、良い証拠だ」

慰めとも懐柔ともつかぬ口調で微笑みかけてきます。

「だから、お初は、余計なことを考えないで、おとなしくしておいで。嫌なことは忘れて、残された毎日を楽しむように心がけるのさ。今日のことは、皆には内緒だ。二人だけの秘密にしておこう。そうすれば、お前さんも折檻《せっかん》を受けることはないし、あたしも、まだ、夜這《よば》いを続けられる」

おぞましい思い出し笑い！

お初は、黙りこくったまま、唇を嚙み締めました。このままおとなしく繭にされるわけにはいきません。何とかしなければいけません。でも、考えれば考えるほど、どうしたらいいのかわからなくなります。

返事がないのを了解の意にでも取ったのか、若旦那さんは、何やら意味ありげに微笑みながら、

「ふふ、夜這いといえば、あたしが人繭にはまってしまったのは、お初ぐらいの年齢《とし》だったな。初めての相手は同い年の人繭でね、純真で朗らかで、それはそれはステキな娘だった。あの時のことはいまだに忘れられないよ。それほど、心にしみる出会いだった。今にして思うと、あれが、あたしの初恋だったんだな」

トロンと夢見るように虚空を見つめました。

「それ以来、女子《おなご》を見ると、どうしても人繭を思い出してしまうのさ。繭の美しさと結びつけないではいられないんだ。生娘らしいのを見ると虹《にじ》色の極上繭が頭に浮かんできて、つい触れてみたくなるし、逆に、熟しきった女子や端《はした》、淫売《いんばい》は、薄汚れたペヶ糸を思い出して、言い寄られても興が乗らない。それが高じて、とうとう、生身の女には見向きもしなくなっちゃった。今じゃ、人繭一本やりさ。ここに戻ってきたのも、人繭がふんだんにあるからだ。家業なんか、本当に、どうでもいいのさ」

懐かしの初恋を思い出して興に乗ったのか、若旦那さんは、胸の悪くなるような打ち明け話を楽しそうに続けます。そして、ふと思いついたように、

「そうだ、お初に、あたしのお気に入りたちを見せてあげよう」

お初の袖《そで》を引き、いそいそと養蚕箱の蓋《ふた》を開けて回りだしました。その楽しそうな

ことといったらありません。

「どうだい、可愛いだろ？　綺麗《きれい》だろ？」

まるで、自慢の女友達を紹介するかのよう。お気に入りと言うだけあって、どれも美しい人繭ばかり。燦然《さんぜん》と輝かんばかりの死の陳列……。

「ほら、触ってごらん。素晴らしい感触だよ」

若旦那さんが人繭を愛撫《あいぶ》しながら、お初を誘います。お初が身を硬くしてイヤヤをすると、不思議そうに目を丸くして、

「どうして嫌がるのさ？　こんなにステキな手触りは、他では味わえないんだよ」

人繭に頬ずりしました。よほど気持ちが良いらしく、顔が紅潮しています。そのうち、次第に息が荒くなり、

「ああ……」

とうとう、愉悦の喘《あえ》ぎ声！　なんと、摩羅が再び怒張しています。お初は、おぞましさに、思わず顔を背けました。

でも、若旦那さんは、お初そっちのけで人繭に夢中。うっとりしながら、

「ふふふ、まったく、お前さんらには、かなわないよ。いくら、あたしが真人間になろうとしても、そうはさせてくれないんだもの」

ブツブツと何かを呟《つぶや》きだしました。独り言かと思えば、そうではありません。なん

と、人繭に話しかけています。

「今日こそ夜這いはやめよう、明日こそはやめようと思っても、毎晩、悩ましい声で呼ぶんだから、堪《たま》ったもんじゃない。耳をふさげば、想いを空気に乗せて飛ばして寄こすし、まったくお手上げさ。会いに来て、会いに来てって泣かれりゃ、つい、足が勝手にここへ向くってもんだ。ふと気がついたら、お前さんらの上で夢中になってる……ああ、ほんに罪つくりだよ」

言っている事が、さっぱり理解できません。これはひょっとして死者との睦言《むつごと》なのかと、お初は背筋がゾッとしました。

「でも、だからといって、それはお前さんらのせいじゃない。親父と蛾治助が人繭を拵《こしら》えたりしなけりゃ、こんなことにならないわけ。だから、あたしがお前さんらと遊んだからって、連中に文句を言われる筋合いはないわけ。お前さんらが呼べば、あたしは、いつでも飛んで来るの」

ひとしきりお喋《しゃべ》りして満足したのでしょう、若旦那《わかだんな》さんが、おもむろに立ち上がり、

「ふふ、やっぱり、人繭はステキだな。初心《うぶ》な娘たちの精が丸ごと、中に封じこめれているようだ。こんなにたくさんの箱入り娘に慕われて、あたしゃ果報者だよ」

フーッと大きなため息を洩らします。そして、お初を振り返り、

「ね、あたしがどんなに人繭のことを思っているか、これでわかってくれただろ？」

照れたような笑みを浮かべました。

「あたしは、慕ってくれる娘たちに、淋《さび》しい思いはさせたくないんだよ。自堕落な放《ほう》蕩《とう》息子と言われようが、一向に構わない。生糸に巻かれてしまう前に、できるだけ楽しくさせてあげたいんだ。うんと喜んでもらいたいんだ」

若旦那さんは、自分の言葉に酔《よ》い痴《し》れながら、

「だから、お初も、何も心配しなくてもいい」

お初ににじり寄ってきます。

「生身の娘で一緒にいて楽しかったのは、お前さんが初めてだ。人繭になっても、きっと相性は抜群に決まってる。お初が繭になったら、毎晩でも会いに来るよ。いや、会いに来たいんだ。うんと優しくしてあげる。絶対、淋しい思いはさせないからね」

お初は、信じられない思いで、若旦那さんの顔を凝視しました。

子供のように天真爛漫《らんまん》な表情。悪意のかけらも窺《うかが》えない澄んだ目。満面の笑み！

長く華奢《きゃしゃ》な手が伸びてきて、お初の頬に触れます。

「お初は、肌理《きめ》の細かい綺麗な肌をしてる。身も引き締まって、イモ虫が涎《よだれ》をたらしそうだ。蛾治助が見こんだぐらいだから、きっと見事な繭になるぞ」

いとおしむように撫《な》で回し、にっこり微笑《ほほえ》みます。

――狂ってる……いかれてる……この男《ひと》、頭の中がイモ虫だらけだ！

全身を駆け巡る悪寒！　頭の中で何かが音を立てて弾《はじ》け、お初は、思わず若旦那さんを突き飛ばしました。

「あっ？」

若旦那さんが、お千代の養蚕箱に足を取られて体勢を崩しました。両手がバタバタと空を掻《か》き、苦し紛れにお初の袖を摑《つか》みます。二人は、ぶざまに箱の中に転げました。二人分の体重をもろに受けて、お千代がグシャッと音を立ててつぶれます。その拍子に、グチャグチャになった山繭蛾の幼虫が、そこらじゅうに飛び散りました。二人とも幼虫の死骸《しがい》に塗《まみ》れて、臭いのなんの。もう、鼻が曲がりそうです。双方が我先に立ち上がろうともがきまくるので、お千代はみるみるうちにペチャンコになってしまいました。幸いなことに、箱が狭すぎるうえにお初が上に乗っているので、若旦那さんは、もがくばかりで、なかなか立ち上がることができません。お初は、幼虫の体液でヌルヌルになった若旦那さんの腕からスルリと脱《ぬ》け出ると、箱の縁を乗り越えようとしました。若旦那さんが、ようやく半身を起こして、お初の足首をむんずと摑みます。

「嫌《や》んた！」

お初は、身体を箱の縁に預けたまま、自由な足で、力任せに若旦那さんを蹴《け》りつけました。あろうことか、蹴りが顔面をもろに直撃します。若旦那さんはワッと悲鳴をあげて、再び箱の中にひっくり返りました。倒れた拍子に箱の縁に後頭部をしたたかに打ちつけ、そのままグッタリと動かなくなります。鼻血がボタボタ溢《あふ》れて、顔も身体も真っ赤《か》っか！

「ヒェーッ！」

お初は、箱から転がり出ると、バタバタと戸口に走りました。

秘密を知ったうえに若旦那さんに大怪我させたとあっては、もう、ただではすみません。捕まった時のことを想像しただけで、身の毛がよだちます。

——嫌んた、嫌んた！　おら、まだ死にたくねえ！

お初は、養蚕場の外に飛び出すと、無我夢中で裏口の戸に縋《すが》りつきました。戸の錠前を思い切り引っ張り、叩《たた》きます。けれども、そんなことでは、錠前はビクともしませんでした。

——あっ、そうだ！

お初は、あることが閃《ひらめ》き、お屋敷の納屋に走りました。

——あった！

庭師のオジさんが使っていた梯子《はしご》！

お初は、梯子を引っ摑むとズルズル引きずりました。頑丈な作りの梯子は重く、容易には動きませんでしたが、そこは火事場の馬鹿力。フラフラになりながらも、庭の端まで運んでいくと、何とか塀に立てかけました。ところが、勇んで梯子によじ登ってみると、あと一歩で塀の天辺《てっぺん》に手が届きません。最上段で飛び跳ねながら塀の縁を摑もうとしているうちに梯子が傾ぎ、お初は宙に投げ出されました。落ちた所は、軟らかな植え込みの上。幸い怪我はせずにすみましたが、これでは敷地の外に出ることはできません。

どうしようかとオロオロしていると、

「そこに、誰かおるのかえ？」

母屋のほうがパッと明るくなり、灯《あか》りを手にした人影がこちらに向かってきました。

――婆やだ！

お初は、咄嗟《とっさ》に、植え込みに身を隠しました。そのままジッと息を殺していると、婆やは、お初の隠れているすぐ目と鼻の先までズンズン近寄ってきて、

「誰だい、夜中に屋敷の周りをウロチョロしとるのは？　そこに隠れているのはわかってるんだ。さっさと出ておいで！」

灯油ランプを裏口のほうにかざしながら、威嚇するように怒鳴ります。婆やの足元に這《は》いつくばりながら、お初は、身体から立ち昇る幼虫の臭いに気づかれはしないかと冷や汗が噴き出ました。

婆やは三角目を爛々《らんらん》とさせながら辺りを睨《ね》めつけていましたが、すぐに養蚕場の扉が開けっ放しになっているのに気づき、「あっ！」と叫びました。同時に、養蚕場の

中から、若旦那さんの呻《うめ》き声が聞こえてきます。その声を聞いた途端、

「坊ちゃん！」

婆やは、血相変えて中へ飛びこんでいきました。

もう、こうしてはいられません。お初は、植え込みから中庭に通じる戸口まで這っていくと、戸を細く開けて表の様子を窺《うかが》いました。

正門には、門番の爺《じい》さんが、門番小屋から、ぼんやり惚《ほう》けた顔で空を見上げていました。耳遠いのか、まだ、婆やの声には気づいていないようです。工場の作業場は灯《とも》りが点り、繰糸機の回る音がしていましたが、こちらにも殺気立った気配はありませんでした。正門から逃げることはできませんが、広い工場の中には隠れる場所があるかもしれません。でも、中ではまだ、大勢の人が仕事しているはずです。見つからずにすむ保証はありませんでした。

どうしようかと迷っていると、

「キェー、大変じゃー！」

養蚕場から、婆やの金切り声が聞こえてきました。とうとう、事態を察したようです。

もう、後戻りはできませんでした。

十四

お初は、戸口をすり抜けると、外に躍り出ました。

月の光が意地悪なぐらいくっきりと、お初の姿を照らし出します。これではまるで、見つけてくれと言っているようなもの。一瞬たりとも、そこに留《とど》まっているわけにはいきません。

もうイチかバチかです。

お初は、塀と工場の間を一気に駆け抜けると、手近な入り口から工場内にもぐりこみました。物陰に身を潜めて、すばやく辺りを見回します。製糸工場《キカヤ》に奉公に来たのに、糸繰り場に入るのは初めてのこと。養蚕場とはまるで異なる内部に、お初は目を瞬《しばたた》かせました。

幅五間《約九メートル》、奥行き二十五間《約四十五メートル》、高さ五間《約九メートル》ほどの場内には、繰糸機と思《おぼ》しき機械が、奥に向かって二列に並んでいました。一列に二、三十台ほどの作業台が設けられ、各作業台の前には直径が二尺《約六十センチ》ほどの陶製の煮繭鍋《しゃげんなべ》、後ろ上方には直径三尺《約九十センチ》ほどの生糸の巻き取り枠が備えつけてあります。でも、不思議なことに、作業台はもぬけの殻。

——おかしいぞ？　確かに繰糸機の音も煮繭《にまゆ》の臭いもしているのに？

妙に思って奥のほうを窺うと、そこに、モウモウと湯気が立ちこめ、大勢の工女が忙しそうに立ち働いているのが見えました。婦繰さんを筆頭に、竹刀《しない》を手にした検番さんたちが十名ほど、皆の仕事振りに目を光らせています。その脇で、旦那《だんな》さんと蛾治助さんが、フルチンスキーさんを交えて、手にした何かを拡大鏡で熱心に検分していました。時折、検番さんたちの怒声と共に竹刀の音がビシバシと場内に響き渡ります。そのたびに、工女の悲鳴と啜《すす》り泣きが起こりました。

——なんだ？　あっちにも繰糸機があるのか？

首を傾げながら、湯気の立ち昇っているほうに目を凝らします。工女たちが忙《せわ》しなく立ち働いている陰に、異様な物が見えました。

土間に据えられた、直径三間《約五メートル半》はある大釜《おおがま》……その上方に取りつけられた繰糸枠……

…そして、大釜の中には……！

お初は、咄嗟に自分の口を押さえると、喉《のど》まで出かかった悲鳴をやっとの思いで呑《の》みこみました。

——じ、地獄の釜だ！

目の前の情景は、まさにそれでした。他に形容のしようがありません。

大釜で煮られているのは人繭でした。何体もの人繭が湯の中でグルグル躍っています。湯気の切れ間から、時折、ヒョイヒョイと顔を見せるのは、繰糸枠に巻かれてなかば原形を失いかけた新工たちでした。古株の熟練工女たちが釜の脇に群れ、稲穂でできた口立箒《みごぼうき》で繭の糸口を見つけては、手際よく繰糸機に送っています。新しい糸口が繰糸機に掛けられるたびに、人繭は湯の中でツンツンと小気味よく跳ねました。表面の一部が開いてしまった繭は、内部から、煮え上がった大きな蛹《さなぎ》が大量に溢《あふ》れ出ています。新工たちが、それを、長い柄のついたザルで掬《すく》っては、足元に置かれた木桶《きおけ》に移していました。

工女たちは、皆、汗まみれ蛹まみれです。煮えたぎった煮釜のそばで働いているのに、顔面は蒼白《そうはく》、青膨れ。やつれこけた頰、どす黒いまでの隈《くま》……魂をどこかに置き忘れてきた幽鬼のような顔の上で、落ち窪《くぼ》んだ目だけが異様にギラギラしていました。目の前で仲間たちが糸になっていくのに、哀惜の念はまるで窺えません。フラフラになりながらも必死で走り回る姿は、地獄に堕《お》ちた餓鬼さながらでした。

「ほーら、ほらほらほら！　糸口を切ってはならんぞ！　糸目は細く長くじゃ！　貴重な人繭を無駄にすると、仲間の祟《たた》りがあるぞ！　夜中に、枕元に化けて立つぞ！　呪い殺されたくなかったら、キリキリ働け！　せっせ、せっせと糸を取れ！」

ちょっとでも気を緩めると、検番さんたちが、竹刀を振り回しながら、工女たちを怒鳴りつけます。そのたびに、工女たちは目を血走らせて、仕事に馬力をかけました。工女が餓鬼なら、検番さんたちは非情の邪鬼。頭に角が見えてきそうです。地獄絵図さながらの情景に、お初は、ガチガチと顎《あご》を震わせました。

何とも皮肉なのは、繰糸枠に巻き取られた糸の美しさでした。まだ精製前の生糸なのに、犠牲になった生娘の魂が乗り移ったかのごとく、虹《にじ》光りし燦然《さんぜん》と輝いています。絹糸になれば、天女の羽衣さえ織れるのではないかという見事さでした。

旦那さんたちが拡大鏡で調べているのは、引きたての生糸の束でした。三人は、生糸を指先で揉《も》んだり引っ張ったりしながら、顔をしかめたりニコニコしたりしています。生き生きした目が、ご褒美をもらった子供のように輝いていました。

やがて、大釜の人繭がすっかり巻き取られると、婦繰さんが、

「よーし、休憩だ！」

一同に号令をかけました。

工女たちが、ようやくホッとしたような表情を浮かべ、蛹の入った桶の周りに群がります。そして、思い思いに、桶に手を突っこみ……。

――正気なのか！

お初は、目を疑いました。

何と、工女たちは、蛹を摑《つか》んで口に運び始めたのです。よほど空腹とみえ、物も言わずにただひたすらモグモグと口を動かし、ウグウグと喉を鳴らしながら呑み下します。飢えた姿とは裏腹に表情は一様に物憂げで、まるで亡者の宴《うたげ》を見ているようでし

た。

──新工らを貪《むさぼ》った蛹を食うなんて……！

皆の口元を見つめているうちに、お初は、急に胸がムカムカしてきました。口中に酸っぱいものがこみ上げてきたと思った途端、胃がグルリとでんぐり返ります。

「グェッ！」

堪《こら》えきれずに嘔吐《おうと》した、その時です──、

「大変だー、逃亡だー！　新工が逃げたぞー！」

門番の爺《じい》さんの間延びした叫び声が聞こえました。ハッとして声のするほうを窺うと、爺さんと婆やが正面の出入り口からあたふたと駆けこんでくるのが見えました。

──き、来た！

お初は、口の周りについた反吐《へど》を拭《ぬぐ》うのも忘れて、団子虫のように身体を丸めると、

──うう、神様、仏様！

顔の前で、白くなるほどきつく両手を合わせました。

騒ぎに真っ先に反応したのは婦繰さんでした。このような騒ぎに慣れているのか、検番さんや工女のざわめきを掻《か》き分けて、悠然と前に進み出ます。そして、お初の隠れているすぐ近くまでやって来ると、肩で息している二人に向き合い、

「なんだ、なんだ？　誰が逃げたのか、落ち着いて話してみい」

のんびりと太鼓腹を撫《な》でながら宥《なだ》めました。

婦繰さんの悠長な態度に、婆やが目くじらを立てて、

「なにを呑気《のんき》なことを言ってるんだい。お初だよ、お初が若旦那さんに怪我を負わせて逃げたのさ。人繭のことも全部知ってしまったらしい。早く捕まえておくれ！」

キィキィと食ってかかります。

さすがに婦繰さんの顔色が変わりました。脇にやって来た旦那さんと蛾治助さんも、目を丸くして顔を見合わせます。一同の険しい表情に、お初は、心臓がドックンドックンと喉から飛び出しそうなほど激しく脈打ち始めました。

「で、どこへ逃げたか、見当はついているのか？」

婦繰さんが訊《たず》ねると、爺さんがコクリと頷《うなず》いて、

「裏庭の塀のそばに、梯子《はしご》をかけた跡があった。塀を越えて外に逃げたらしい」

お屋敷の方向を指差しました。

「よし」

婦繰さんが、ニヤリとして検番さんたちを手招きします。そして、中から五人を選び出し、

「ええか、いつもの要領じゃ。逃げたのは幼い新工じゃから、川に身投げしたりはしない。慣れない山に入ったりもせん。助かりたい一心で近在の村や町に向かうはずだ

から、知り合いの巡査など目ぼしい者に手を回しておけ。捕まえたら礼金を出すと触れ回っておけば、誰も逃がしたり匿《かくま》ったりせんわい。いちばん面倒なのは、うちの会社の息のかかっとらん所まで逃げて、ここの内情を吹聴《ふいちょう》されることじゃ。そうなる前に、必ず連れ戻せ」

テキパキと指図しました。

「へい！」

指図を受けた検番さんたちが、爺さんと婆やのあとに続いて駆け出して行くと、旦那さんも、

「わしも、二成のことが心配だ。様子を見に行ってくるので、あとをよろしく頼んだよ」

一同にそう告げ、フルチンスキーさんと連れ立って出て行きます。

――ふー、危ねえとこだった。

お初は、ホッと胸を撫で下ろしました。外へ逃げた、と門番の爺さんが勘違いしてくれたおかげで、とりあえず命拾い。でも、このままここにジッとしていても、埒《らち》が明きません。何かうまい手はないものかと、お初は、ソッと皆の様子を窺《うかが》いました。

「お初の奴め、この忙しい時に、とんだことをしでかしてくれたもんだ。検番の人数が減って能率が落ちるが、仕方がねえ。今晩は、夜明かし覚悟で仕事を続けるぞい」

婦繰さんはそう言って、皆を持ち場に戻らせると、

「おい、お前、倉庫からランプ用の灯油缶を取ってこい」

大釜《おおがま》から蛹を掬《すく》っている娘に命じました。

「へい」

従順そうな返事。娘が振り返って、婦繰さんから倉庫の鍵《かぎ》を受け取ります。

その顔を見た瞬間、お初は、心臓が止まるかと思いました。

――お清！

何とそれは、ボロ雑巾《ぞうきん》のように変わり果てたお清でした。疲れ果て生気のない顔は、他人と見紛《みまが》うほどです。肩をすぼめ背を丸めて、ヨタヨタとおぼつかない足取りで歩く姿が、死にぞこないのドブネズミのように薄汚く憐《あわ》れでした。

お清は、蛹の桶の脇を通り過ぎざま、サッと掠《かす》め取るように蛹を一摑《ひとつか》みすると、モシャモシャといじましく貪り食いながら、こちらに向かってきました。どんよりした目で、何やらブツブツ独り言を言っています。耳を澄ますと、それは女工唄《うた》でした。

父《とっ》つぁま母《かっ》つぁまよう聞いてござい
工女魂は親孝行《こうこう》の心
よくぞ工女に産んでくださった

このまま貧乏はさせませぬ
おらたち稼いで蔵建てる

憑《つ》かれたようにその歌詞を繰り返す姿は、狂気を孕《はら》んで凄惨《せいさん》ですらあります。思慮深いお清をここまで変えてしまった糸繰り場の過酷さを思い、お初は胸が締めつけられるようでした。

お清は、手にした鍵の束をジャラジャラ言わせながらお初の前を通り過ぎると、正面の出入り口から外へ出て行きました。

――そうだ！

お初はあることが閃《ひらめ》いて、さっき忍びこんできた戸口に這《は》って戻りました。幸いなことに、婦繰さんたちは人手が足りなくなって、作業にかかりっきり。お初を捜しに出た者も、とんだ見当違いなほうへ探索に行ってしまいました。それだけではありません。お清は、婦繰さんから鍵の束を渡されています。模範工女候補として信頼されている証拠《あかし》！

これは、ひょっとすると、思ってもみなかった僥倖《ぎょうこう》かもしれません。

お初は戸口から表を窺い、人気の無いのを確かめてから、工場の正面に走りました。建物の角から覗《のぞ》くと、お清が倉庫の扉の錠前を外して中へ入っていくところです。今

です、今を逃したら、もうあとはありません。お初は、一気に工場の前を横切り、倉庫の中に飛びこむと、

「お清っ」

声を殺して呼びかけました。

暗がりで灯油缶を物色していたお清が、ビクッとして振り返ります。

「お初……？」

信じられないという表情。何か言おうとしますが、言葉にならないようです。

お初は、お清に走り寄ると、

「お清、あんた生きてたんだね。良かった、本当に良かった」

痩《や》せて蛹《さなぎ》臭い身体をきつく抱きしめました。

お清は、黙ってお初の抱擁を受けながら、

「あんた……逃げたんでなかったのけ？」

夢見るように呟《つぶや》きます。突然のことに、心ここにあらずといった様子。

「ううん、ずっと糸繰り場に隠れてただよ。あんたば見て、あとを追っかけて来たのさ」

「えっ、おらを？　なしてさ？」

「なんでって、もちろん、一緒に逃げるためさ。こったらとこにいたら命はねえ。お

っ死《ち》ぬ前に、逃げねば駄目だ」

「でも……」

状況を理解していないのか、ただ逃げるのが恐いだけなのか、さっぱり気の無い反応。

「でもへチマもねえ。ここにいたら、いずれ殺されちまう。お咲もお静も、お千代も、皆、やられちまった。お次は、おらたちの番だぞ。そうなる前に、連中の手の届かないとこへ行こう。あんたの持ってる鍵で、川に出る裏口の戸を開けるだよ。皆が見当違いなとこを捜してる間に、森さ入って山越えするのさ。今時は暖《あった》けえから凍えるこたねえ。きっと逃げおおせる。どっか大きな町に出て、仕事見つけて、二人で暮らすべよ」

もたもたしている暇はありません。一刻も早く説き伏せて連れだそうと、お初は、お清の身体を強く揺すりました。

「大きな町って……故郷《くに》には戻らないのけ？」

お清が遠い目をします。

「駄目だ、故郷に帰っても、連れ戻されるだけだ。大人は、皆、グルだぞ。残念だけんど、家族のことは、きっぱり諦《あきら》めるだ」

お初は焦《じ》れったくなってきて、語気を荒らげました。

すると――、

「なんだって？　なに語ってるだ？　おめえ、よくそんなことが言えるな」

急にお清の顔色が変わりました。怨《うら》みのこもった、押し殺した口調……。目が、射るような光を帯びています。口元がワナワナ震えていました。

「これまで、おらが、糸繰り場で、どうやって命をつないできたと思う？　他でもねえ、母ちゃんのことだけを考えて、生きる拠《よ》り所にしてきたんだぞ。それを、きっぱり諦めろだ？」

「お清……」

鋭く詰め寄られ、お初はたじろぎました。

口ごもりながら言葉を探していると、お清が、

「おめえ、適性検査の日のことを覚えてるか？」

思いがけないことを訊《き》きます。

「あの日、おらが半殺しの目に遭っている時、誰が助けてくれた？　誰も助けてくれねかったよな？　おめえも手を拱《こまね》いて見てただけだよな？　そんな薄情者《もん》に命を預けれってか？　産みの親を放《ほっぽ》り出して、ノコノコついて行けってか？」

「あ、あれは……」

お初は、思わず口ごもりました。ずっと胸につかえていたことを指摘され、言葉が

継げません。

お清は、不快そうに舌打ちすると、

「いいか、あの適性検査は、おらたちを試すためのものじゃねかったんだぞ。試されたのは、おめえらだったのさ。婦繰の奴、わざとおらたちを折檻《せっかん》して、おめえらがどれだけ薄情か見せつけたんだ。あん時の、おらの惨めな気持ちがわかるか？　あん時、おめえが、おトラのように、少しでも真心を見せさえしてくれたなら、どんな道行きになっても構わねえと思ったかもしんねえ。だのに、おめえときたら……あれから、おらは、誰も信じないことに決めたんだ」

蔑《さげす》むような目でお初を見ました。

「お清、お願《ねげ》えだ。おらの言うことも聞いてけれ」

「いや、聞かねえ。おめえなんか、口先だけだ。おら、残飯を恵みに来た時の、おめえの同情面を見て、反吐《へど》が出そうだっただよ」

「違うんだ、お清。おらたちは、会社に騙《だま》されてただよ。大人たちの示し合わせた悪巧みに、がんじがらめにされてただよ。あんたのおっ母《か》さんも、こうなるのを承知のうえで、おめえを――」

お初は、会社の商いの怖ろしい仕組みを何とか伝えたくてお清に縋《すが》りましたが、お清は、

「お初、おめえこそ、よく聞け」

逆に鋭く遮り、お初を睨《にら》みつけました。

「おらには、全部わかってるんだ。会社の汚《きたね》えやり方も、薄情な親や仲間のことも！　でも、もう、そったらことは、どうでもええ。おらは、残飯を食いながら、蛹を食いながら、心に誓っただ。世の中に信用できる奴がいねえなら、人の心なんて捨ててしまえってな。そうすりゃ、辛《つれ》えことなんかなくなる。会社の言いなりになって模範工女になれば、あとは安泰だ。繭にもされねえ。大金を手に、故郷に帰《けえ》れるんだ。そして、そして……おらは、絶対、お峰姉さんみたいに弱い人間にはならねえ」

「お峰姉さん？」

「ああ、姉《あね》さんは、せっかく模範工女になったのに、人が良すぎて、良心の呵責《かしやく》に耐え切れねかっただよ。故郷に戻って会社の宣伝してりゃ、ええ縁談だって紹介してもらえたっつうのに、優しすぎて、それができなかったのさ。首括《くく》って、ふしだら女扱いされて……惨めったらしいったらありゃしねえ」

「じゃあ、模範工女ってのは……」

「そうさ、会社の手先さ。うまいこと語って新工たちを騙す、会社のイヌさ」

「お、おめえは、そんなことして心が咎《とが》めねえのか？　騙されて人繭にされる者たちのことは、どうでもいいのけ？」

お初は、茫然《ぼうぜん》として訊《たず》ねました。

「ああ、生き残るためには仕方がねえだよ。おめえだって、おらを見捨てた。似たようなもんだ。結局、皆、手前《てめえ》がいちばんかわいいのさ。これで姉妹《きょうだい》でもいれば話は違ったろうけど、会社もそこんとこがわかってっから、姉妹のねえ者を模範工女の候補に選ぶだよ。さすがに、姉妹が繭にされるのを見て平気でいられる奴は、そうそういねえもんな」

お清が、苦笑いします。自責の念は、まるで窺《うかが》えませんでした。

「お千代は一人っ子だったけんど、ああ見えて情が深かったから、糸繰り作業で参っちまっただよ。おトラの人繭を見て耐え切れなくなっちまったのさ。おトラの糸は引けないって拒んだら、婦繰の奴に、おトラの蛹を口に突っこまれた。それで気が触れて、首括ろうとしたんだ。おらが見つけて検番さんに知らせなかったら、もうちょっとでお陀仏《だぶつ》だった」

危なくせっかくの人繭原料がおじゃんになるところだった——そう言いたいわけです。

「おらも、適性検査の時に下手に庇《かば》い立てされてたら、今頃、お千代みたいになってたかもしんねえな。運が良いのか悪いのか……」

お清は、そう言って、一瞬淋《さび》しそうな顔をしました。でも、すぐに、キッと怖い顔

つきに戻ると、

「とにかく、おらは、生きて、こっから出る。故郷さ錦《にしき》を飾るんだ！」

お初の着物の袖《そで》をグイッと摑《つか》みました。

「な、何するだ？」

お初が面食らって叫ぶと、お清は、カッと目を見開いて、

「誰か来てけれ！　お初を捕まえたぞ！」

大声で叫びました。

「よせ！　気でも違っただか？」

お初は、慌てて、お清の口をふさごうとしました。お清が、その手を払いのけ、いっそう大声を張り上げます。激しい揉《も》み合い、引っ搔《か》き合い！　お初が手を振り払って戸口に走ろうとすると、お清が前に立ちはだかって通せんぼします。凄《すさ》まじい獰猛《どうもう》さ！　敵意剝《む》き出しの、獣のような顔！

「お清、やめれってば！　お願えだから、やめてけれ！」

お初は恐怖に駆られて必死で叫びました。

でも、お清は、もう何を言っても聞きません。お初の言葉など、まるで耳に入らぬかのように、

「ここだ、ここにいるぞ！　誰か！　早く！」

狂ったように喚《わめ》き続けます。

お初は、堪《たま》らずに泣きだしました。こんな切ない思いも初めてです。目の前のお清は、もう、お清ではありません。会社が魂を抜いて、傀儡《かいらい》にしてしまいました。まるで別の人格に作り変えてしまったのです。

「畜生《つくしょう》！」

お初は、泣きながら大声を張り上げました。誰に向かって発した叫びなのか、自分にもわかりません。喚きながら、無我夢中で、お清に突進します。お清の痩《や》せた身体が、呆気《あっけ》なく吹っ飛び、床に転げます。その拍子に、お清の手から鍵《かぎ》の束が離れ、戸口の外に放り出されます。

――しめた！

お初が鍵をめがけて戸口から飛び出そうとした、その時です！

目の前に、突然、婦繰さんがヌーッと立ちはだかり、

「こいつめ、こんな所に隠れとったか！」

ギョロリと大きな目を剝きました。

「うわっ！」

お初は、弾《はじ》かれたように戸口から飛び退きました。しかし、逃げようにも他に出口はありません。もう、袋の鼠。婦繰さんがノッシノッシとお初を倉庫の隅に追い詰め、

手首をむんずと摑みます。お初は、あまりの恐怖に、思わず婦繰さんの手に嚙《か》みつきました。

「痛《て》っ！」

婦繰さんは、一瞬、顔をしかめましたが、手を離すどころか、逆にグイと力をこめてお初の手を捩《ね》じ上げ、鳩尾《みぞおち》にすばやく当て身を食らわせました。

お初はウッと呻《うめ》いてその場に転がりました。まるで息ができません。空気を求めて、真夏の金魚のように口をパクパクさせます。

「馬鹿め！」

お初がもう逃げ切れないとわかると、婦繰さんは、脇で無表情で佇《たたず》んでいるお清に、

「おい、糸繰り場に行って、皆に、もう鼠は捕まえたから安心しろ、と伝えろ」

嚙んで含めるように命じて、

「お前、でかしたぞ。よう気を利かせてくれたのう。さすが、模範工女候補は、できが違う。これからもその調子で、ご奉公するんじゃぞ」

いい子いい子と頭を撫《な》でました。

「へいっ」

お清は、木偶《でく》のような顔にニッと取ってつけたような笑みを浮かべると、クルリと踵《きびす》を返しました。床に転がっているお初に一瞥《いちべつ》もくれずに前を横切ると、タッタッと

外へ走り去って行きます。なんの愛惜も未練も窺《うかが》えぬ、痩せた背中。虚《うつ》ろに口ずさむ、女工唄《うた》――。

お初は、お清の後ろ姿を見送りながら、フッと気を失いました――。

十五

「……大丈夫かのぅ？　骨でも折れてやせんかのぅ？」

蛾治助さんの心配そうな声で意識が戻りました。いつの間にか、新工宿舎の板の間に転がされています。蛾治助さんが、脇に膝《ひざ》をついて、壊《こわ》れ物を扱うような手つきでお初の身体を調べていました。関節を曲げたり伸ばしたり、鳩尾を擦《さす》ってみたりしながら、いちいち安堵《あんど》のため息を洩《も》らします。

お初は、悪夢から覚めたような気がして、

――ああ、おらは、助かったんだ。やっぱり、蛾治助さんが助けてくれたんだ……。

胸の内に嬉《うれ》しさがこみ上げてきました。

ところが――、

ひとしきり調べて何も異常がないとわかったらしく、蛾治助さんは、

「ああ、良かった。せっかくの上物が、危うく傷物にされるところだった」

ホッと胸を撫で下ろしながら呟《つぶや》きました。

——上物？　傷物？

お初は、弾かれたように上体を起こしました。鳩尾に鈍い痛みを覚えて、ウッと呻きます。ふと、後ろを振り返ると、旦那《だんな》さんやフルチンスキーさん、婦繰さんが勢揃いして、お初を見下ろしていました。

「やれやれ、ずいぶん、人騒がせなことをしてくれたものじゃ。お前さんのように世話の焼ける娘は初めてじゃ」

蛾治助さんが、げっそりしたように首を振ると、他の皆も、蛾治助さんに同調するように、白けた笑みを浮かべます。

いつもは鷹揚《おうよう》な旦那さんまでが、眉間《みけん》に皺《しわ》を寄せて、

「うむ、まったくじゃ。二成に怪我を負わせて逃げたと聞かされた時は、苦し紛れに何かしでかしやしないかと、ハラハラしたよ」

扇子でパタパタと忙《せわ》しなく顔を扇《あお》ぎました。

「そう言や、旦那さん、二成さんのお怪我の具合はいかがです？」

蛾治助さんが、心配そうに訊ねます。

「いやいや、二成のことなら心配いらん。かすり傷だよ。血を見て少しばかり気が昂《たかぶ》っとったが、じきに落ち着くだろう。今回の騒ぎは、むしろ、ええ薬になったかもし

れん。まったく、あいつの人繭愛好癖にも困ったものさ。そのうち飽きるかと思って放っておいたら、どんどん調子づきおって。挙句が、小娘に返り討ちにされるとは、まったくもって情けない話じゃ。これに懲りて、屁理屈《へりくつ》こねて商売物をオモチャにする悪癖《くせ》が、ちっとは直ってくれりゃええんじゃが」

旦那さんは苦笑いしながら肩を竦《すく》めると、

「それはそうと、蛾治助さん、二成の奴がお初と揉みあっているうちに、人繭をひとつペチャンコにしてしまったよ。ずいぶん派手にやっちまって、もう使い物になりそうもない。勘弁しておくれ」

蛾治助さんに頭を下げました。

「な、なんと、ペチャンコですか……で、いったい、どの繭を駄目にしたんです？」

蛾治助さんは苦い顔。でも、旦那さんが、つぶれたのはお千代の繭だと告げると、

「ああ、あの繭か……あれは、ペケ糸用の繭だから、まあ、どうと言うことはないな」

ホッと胸を撫《な》で下ろしました。

その様子を見て、フルチンスキーさんがプッと吹き出し、

「いやいや、さすがは社長さんの息子さんだけあって、頼もしいねー。お父さんの若い時を彷彿《ほうふつ》とさせる無鉄砲、無軌道ぶりじゃないですかー。無茶をしたがるのは、若

さの特権ね！　大人に逆らって小難しいことを言うのも、麻疹《はしか》みたいなものよ。衝動に任せて遊ぶだけ遊んだら、じきに跡取りらしく落ち着いてくるから、心配ないでーす」

悪戯《いたずら》っぽく片目を瞑《つむ》ってみせます。

旦那さんが恥ずかしそうに頭を掻《か》きながら、

「あちゃー、こりゃ、一本取られたね。参ったなあ」

ようやく場が和んで、一同は大笑いしました。

何ということでしょう！　やはり、若旦那さんの言ったことは、本当だったのです。ここの大人たちは、皆、同じ穴のムジナです。工女を人として見ている者は、誰一人としていません。皆、欲得と変態心理と嗜虐《しぎやく》の権化です！　もう、助けてくれる者は誰もいません。どこにも、いない。いないのです！

お初がガックリと肩を落とすのを見て、婦繰さんが、

「さてと……旦那、この娘を、どうします？」

待ちくたびれたように訊《き》きます。

「うーむ、こうなっては仕方がないのう。どうだ、蛾治助さんや、まだ、ちいと小《こま》いが、思い切って繭にしてしまうか？」

旦那さんが渋面で訊《たず》ねると、蛾治助さんは黙って頷《うなず》きました。

あまりにもあっさりした、死の宣告！　背筋に戦慄《せんりつ》が奔《はし》ります。

「嫌《や》んた！　おら、繭になりたくねえ。蛾治助さん、お願《ねげ》えだ、助けてけろ」

お初は蛾治助さんの袖《そで》に泣いて縋《すが》りました。

蛾治助さんが、フッとため息をついて、首を横に振ります。

「残念だが、そうもいかん。だいぶええ身体つきになってきたんで、もう少し待ちたかったんじゃが、秘密を知られてしまったからには、もう先延ばしにはできん。繭にされる怖ろしさで目方が落ちたりすると、これまでの苦労が水の泡になってしまうでのう」

淡々とした口調。

お初は顔がひきつりました。咄嗟《とっさ》にその場に土下座すると、

「嫌んた、嫌んた、許してけれ。何でもするすけ、繭にせんでくれ」

何度も何度も頭を下げます。床に額をこすりつけて慈悲を請います。命が助かるなら、さんぺん回ってワンでも、裸踊りでも、何でもするつもりでした。

でも……、

「ええい、わからん奴じゃ。たいがいにせんかい！」

婦繰さんに首根っこを鷲摑《わしづか》みにされ、お初はキャーッと悲鳴をあげました。

「これこれ、商売物を手荒に扱ってはいかん」

旦那さんが鷹揚に窘《たしな》めて、

「さあさ、お初よ、ええ子じゃから、もう駄々をこねるのはおよし。おとなしゅう生糸になって、両親や妹らに楽させてやりや」

猫撫で声を出します。

――嘘だ、嘘だ、ぜんぶ嘘だ！　妹らは楽になんてなりゃしねえ。見舞金さもらえば、お父は味をしめて、妹らもここへよこす。皆、繭にされちまうんだ！

お初は泣きじゃくりながら手を合わせましたが、いきなり婦繰さんに横抱きにされてヒッと息を吞《の》みました。抗《あらが》おうにも、ゴツゴツした丸太のような腕にがっちり押さえこまれ、上半身は身じろぎもなりません。両脚がブラブラと虚《むな》しく空《くう》を蹴《け》るだけでした。

「婦繰さんや、まずは、風呂《ふろ》に入れて消毒じゃ」

蛾治助さんの指示で、婦繰さんがお初を浴場に担ぎこみます。そして、有無を言わさずに丸裸に剝《む》くと、

「ほーれ、水風呂じゃ、気持ちええぞ！」

頭から浴槽に放りこみました。

お初は、鼻からもろに水を吸いこみ、激しく咽《む》せ返りました。苦し紛れに無我夢中で浴槽から這《は》い出ようとすると、婦繰さんが頭を摑んで押し戻します。お初は息が苦

しくなって、身体から力が抜けていきました。そのまま仰向《あおむ》けに浴槽に倒れこみ、水の中でもがきます。もう、溺《おぼ》れる寸前でした。

「やれやれ、世話のやける娘じゃ」

蛾治助さんが呆《あき》れたようにため息をつき、

「婦繰さんや、この娘をきれいにしたいので、溺れないように支えていておくれ」

素っ裸になって浴槽に跳びこんできます。婦繰さんも太鼓腹を揺すりながらあとに続きました。蛾治助さんが、大きなヘチマでお初の全身を擦《す》り剝けんばかりに強く擦《こす》り始めます。恥ずかしい箇所も遠慮などしません。お初は、苦痛と汚辱にまみれて呻《うめ》きました。

やがて、ひとしきり磨きまくって満足がいったのか、蛾治助さんは、浴槽から上がって、養蚕場に婦繰さんを手招きしました。婦繰さんが、お初を肩にヒョイと担ぎ上げて、蛾治助さんに従います。旦那さんとフルチンスキーさんも、着衣の上から入念に噴霧消毒をして、あとに続きました。

蛾治助さんは、皆の先に立って部屋の奥へ歩いていくと、薬品棚を開けました。中から小さな白磁の壺《つぼ》を取り出し、

「さあ、お次は薬を飲ませる番だ」

婦繰さんに眴《めくば》せします。

婦繰さんは、怪訝《けげん》そうな顔をしました。

「薬？　こいつは薬を使うとまずいんじゃなかったのかね？」

「いや、これは、この娘のために調合し直したものだから、大丈夫」

蛾治助さんが、粉薬を乳鉢に入れて水で溶き、

「まあ、念のために、様子を見ながら少しずつ飲ませてみる。騒がれると仕事がやりにくいんで、動かないようにしっかり押さえていておくれ」

薬品棚の抽斗《ひきだし》から小振りの漏斗《じょうご》を取り出します。

「よっしゃ、お安い御用じゃ」

婦繰さんは、お初を後ろから片手で抱きかかえるように押さえつけ、もう一方の手で頭を鷲摑みにして首を反り返らせました。

「どれ、わしらも手伝おう」

旦那《だんな》さんがお初の鼻を摘《つま》み、フルチンスキーさんが口をこじ開けます。

蛾治助さんに漏斗を口に突っこまれ、お初は、喉《のど》をグェッと言わせました。

「そーら、飲みやすいように砂糖を混ぜておいてやったから、嫌がらずにこくこく飲むんじゃぞ」

蛾治助さんが、ゆっくりと少量ずつ薬を注ぎこんできます。お初には、もう抗う気力も残っていませんでした。トロリと甘い液体が喉を流れるたびに、吐き出すことも

かなわずに飲み下してしまいます。薬の効き方は速く、一口ごとに身体の力が抜け、すぐに意識がぼんやりしてきました。

「うーむ、ええ感じになってきよった」

蛾治助さんは、至極ご満悦です。お初が抵抗できなくなったのを見計らって、漏斗を口から抜き取り、

「さあ、薬が効いているうちに、蛾をたからせよう。わしは母蛾の準備をするから、婦繰さんは娘を寝かせといておくれ」

養蚕箱を指します。婦繰さんは、心得たとばかりにお初を持ち上げ、箱の中に仰向けに寝かせました。

身動きできないせいなのか、お初は、猛烈な切迫感を覚えました。箱の深さはせいぜい三尺《約九十センチ》ほどなのに、底から見上げると、まるで深い穴にでも放りこまれたかのように感じます。まるで、生きながらの埋葬!

──うわー、怖いよー! 出してけれー!

叫び声すら上げられずに、お初はゼイゼイと喘《あえ》ぎました。

でも、皆はお構いなし。興味津々で事の成り行きを見守っています。

やがて、蛾治助さんが、母蛾の籠《かご》をぶら提げて戻ってくると、

「さあ、蛾を放しますぞ」

籠に被《かぶ》せてある布を外しました。

竹籤《たけひご》にびっしり張りついた母蛾が、光に曝《さら》されて興奮し、一斉にパタパタと羽ばたきます。黒い鱗粉《りんぷん》が辺りに舞い散ると、一同は思わず身を仰《の》け反らせました。蛾治助さんが籠の蓋《ふた》を開けます。

――うわー、やめろ、やめろ、やめてけれー！

お初は目を見開きました。もう、気も狂わんばかり。もしも叶《かな》うなら、喉が破れるまで絶叫していたでしょう。

「そら、行け。たんと卵を産みつけろ」

蛾治助さんが母蛾に話しかけながら、籠を傾けます。鱗粉を撒《ま》き散らしながら、蛾たちが、一頭、また一頭、ボタッ、ボタッと、お初の身体の上に落ちてきました。見かけどおり、かなりの重さ。薬で麻痺《まひ》した身体にさえ、その重量感や質感が容易に伝わってくるほどです。お初は、身体じゅうを母蛾に覆われ、おぞましさに息も絶え絶えでした。

蛾たちは、初めは、触角をしきりに動かしながらモゾモゾとお初の身体の上を這い回っていましたが、やがて、お初の体臭に興奮し、歓声をあげるかのように激しく羽ばたきだしました。そして、お初の身体が炭の粉を浴びたように真っ黒になると、今度は、腹部の先端をお初の身体に押しつけるような動作を始めました。よく見ると、腹部の先から小さな赤い管を出し、お初の皮膚に突き立てているではないですか。

「ふふふ、お初よ、母蛾が産卵を始めたぞ」

蛾治助さんが目を輝かせながら、語りかけてきます。

「どうじゃ、痛くも痒《かゆ》くもあるまい？　卵を産みつけられる者に悟られぬようにするため、卵の表面から、五感を麻痺させる毒素が出ておるのじゃ。もうじき、その毒素で眠るように往生できるぞ。安心して繭籠《ご》もりして、立派な生糸になっておくれ」

母蛾に身体を蹂躙《じゅうりん》されながら、お初は生存への気力が急速に萎《しぼ》んでいくのを覚えました。悔しいけれど、蛾治助さんの言うように、苦痛は感じません。薬と卵毒の作用が入り混じり、どんどん気怠《けだる》い眠りに誘われていきます。いったん目を閉じたら、二度と目覚めることはないのでしょう。もうすぐ、自分の身体の一部が生糸になって故郷に帰るのかと思うと、急に耐え難い望郷の念に駆られました。紬《つむぎ》を着た村のお地蔵様がふと脳裏をよぎり、胸の内でナンマンダブと唱えかけた、その時です――、
楽しそうに蛾の産卵に見入っていた旦那さんが、

「あっ！」

いきなり素《す》っ頓狂《とんきょう》に叫びました。

「ど、どうかなされましたか？」

蛾治助さんが驚いて旦那さんを振り返ります。

「どうかじゃないよ。あれをごらん」

旦那さんは、呆れたような顔で、お初を指差しました。

蛾治助さんが、指差された辺りを覗《のぞ》きこみ、息を呑《の》みます。

「な、なんてことだ……」

悲痛な呻《うめ》き。

何が起こったのかわからず、お初は唖《あ》然《ぜん》としました。

婦繰さんとフルチンスキーさんが、首を傾げながら問題の箇所を覗きこみます。ちょうど、お初の股《また》の間……。

婦繰さんが、目を丸くして、

「な、なんだあ？　こいつ、月の物が始まりやがったぞ！」

呆れたような声をあげます。

「オー、これはいけませーん！」

フルチンスキーさんも、残念そうに首を横に振ると、

「この娘は、もう、おぼこ糸にできませーん。もう二束三文でーす」

大きなため息を洩《も》らしました。

お初は、ようやく合点がいきました。自分では確かめることができませんが、どうやら初潮がきたようです。自覚できる痛みや不快感もない、ひどく素っ気ない訪れ。

こんな時でもなければ、取り立てて大騒ぎするほどのこともない、ささやかな出来事……。

ところが――、

「よりによって、土壇場でこのザマとは、なんという腐れ陰《ほと》だ！」

旦那さんが、怒りも露《あら》わに文句を言うと、蛾治助さんも、

「ええ、これでは、詐欺もいいとこですな」

とんでもない言いがかりをつけ始めます。

「まったくじゃ。橋の袂《たもと》の淫売《いんばい》よりも、性質《たち》が悪いわい」

婦繰さんが相槌《あいづち》を打つと、フルチンスキーさんも苦笑いして頷《うなず》きました。

何ともはや、惨めなほどの言われようです。大人になるための大切な通過儀礼を他人に覗かれたうえに、これだけクソミソに貶《けな》されれば、普通なら、数日は泣き明かすところでしょう。でも、今はもう、そんな気力もありません。ますます朦朧《もうろう》となりながら、いったい自分はこれからどうされてしまうのだろうと、ぼんやり思いました。

「参ったなあ……甲種一等扱いの娘だから、福助さんに特別手当まで払ったのに、これではペケ糸にしかならない。とんだ大損だよ」

旦那さんが舌打ちして、吐き捨てるように言います。

婦繰さんも、汗ばんだ坊主頭を撫《な》でながら、

「蛾治助さんや、今度ばかりは、いささか目算が狂ったようじゃの？」

鼻白んだように鼻を鳴らしました。

蛾治助さんは、もう、面目丸つぶれ。

「わしとしたことが……あと一年や二年は大丈夫なはずだと踏んどったのに、どうしてまた、こんなに急に色気づいたんじゃ？　初心《うぶ》なおぼこだとばかり思っとったのに、まったく、とんだ食わせ者じゃったわい」

歯軋《はぎし》りしながら、悔し紛れに養蚕箱の縁をバンッと叩《たた》きます。

――色気づいた？

なるほど、そういうことだったのかと、お初は合点がいきました。

若旦那《わかだんな》さんの身近に暮らすようになってからの、仄《ほの》かな胸のときめき……くすぐったいような身体の疼《うず》き……。相手が変態とも知らずに抱いた淡い恋心が、身体の成熟を促したのだとしたら、何とも皮肉な話です。一同の落胆振りを見て、お初は、この大人たちにささやかなシッペ返しをしてやったような気がしました。

でも、そんなことを思ったのも、ほんの束の間。もう、すべてがどうでも良くなってきました。すべてが遠い昔のことのように思えてきて、考えるのも面倒でした。胸の内には、唯一、郷愁が漂うだけです。ふと、生糸になった自分に触れる妹たちのことを思い、心の中で嗚咽《おえつ》を洩《も》らした時です――、

突然、フルチンスキーさんがパチンッと景気良く指を鳴らし、

「社長さん、わたし、名案がありまーす」

目を輝かせました。

「名案ですって？」

旦那さんが首を傾げると、フルチンスキーさんは、興奮気味に頷きながら、

「はーい、そうです。この娘を養蚕紙にしてはいかがでしょう？」

熱っぽい口調で告げました。

「養蚕紙？」

「そうです、この娘から種蛾を孵《かえ》らせるのでーす！　この娘からなら、きっと、強くて立派な種蛾がいっぱい生まれそうな気がしまーす！」

お初は慄然《りつぜん》としました。

何ということでしょう。もしフルチンスキーさんの提案どおりになったら、来年やって来る工女たちが、自分の血肉で育った山繭蛾にたかられて繭にされてしまいます。そして、その中には、おそらく、妹のお美津もいるはずです！

——そんな酷《ひど》いことって！

お初は、淡い郷愁が、あっと言う間に、どこかに消し飛んでしまいました。永々と続くであろう魔の円環……この自分からいったいどれだけの幼虫が孵るのかを想像す

ると、身の毛がよだちます。自分から生まれ出た蛾によってどれだけの娘たちが犠牲になるのかを考えると、胸が張り裂けそうでした。

――お美津や――、富子や――、スエや――、許しとくれ――！　姉ちゃんには、もう、どうすることもできねえよ――！　神様、仏様、どうか、どうか、妹たちを、この地獄へ寄こさないでございい！

お初は、思いを伝えたい一心で、必死で祈りました。せめて妹たちの夢枕にでも立てたらと、必死に念じました。しかし、そうするうちにも、どんどん気が遠くなっていきます。もう、視界はほとんどぼやけ、大人たちの会話が微《かす》かに聞こえるだけでした。

「どうです、社長さん、良い考えでしょう？」

「うーん、しかし、来年の分の養蚕紙は、もう足りているんじゃがのう……」

「いえいえ、そうではありませーん。冷蔵して、わたしが他所《よそ》の国に持って行くのでーす」

「あんたが？　他所の国へ？」

「そうです。この国よりも、生娘が安く手に入る、便利な国があるのですよー」

「ああ、そうだったね……」

「わたし、そこの娘たちで、おぼこ糸養蚕を試してみたいのでーす」

「ははあ、なるほど……」

「その国は、官憲の目も、とってもゆるいね」

「いいねえ」

「ね、いい話でしょ?」

「うむ」

「だから、是非!」

「なあ、蛾治助さんや」

「はい?」

「どうじゃ、わしらも、ここらで一丁、世界に羽ばたいてみようか?」

「世界に、ですか……」

「そう」

「うーん、どうしようかなあ……」

——他所の国? 他所の国の親も、おらたちの親と同じなんだべか? やっぱり、おぼこ糸で紬《つむぎ》を織るんだべか? どこも同じなんだべか? でも、おらは、紬にはなれねえんだな。おぼこ糸にもペケ糸にもなれねえ、養蚕紙になるんだな。もう、故郷《くに》には帰れねえんだな……。

霞《かす》んだ思考の端で取りとめも無くそんなことを思っているうちに、お初は、とうとう視界が真っ暗になりました。そのまま深い闇の底に落ちていくと、脳裏にふと女工唄《うた》の文句が浮かんできます。お千代が発狂しても歌い続けた、あの歌……。

村のお地蔵様お願《ねげ》えがござる
おらたち工女を守ってござい
御利益あったら甘酒しんじょ
おっ死《ち》んで甘酒あげれぬ時は
人着《ひとき》ぬ紬《つむぎ》で温《ぬく》もってもらう

心の中で歌を口ずさみながら、お初は、唐突に、この歌に隠された真実を悟りました。

きっと、工女たちは本当は『人絹《ひときぬ》紬』と歌いたかったに違いありません。自分たちの哀れな境遇を歌に織りこみたかったのです。でも、邪《よこしま》な大人たちがそうはさせなかったのです。人着ぬ紬などと捩《もじ》って親孝行の証《あか》しに祭り上げ、まんまと工女集めに利用したのです。親たちが、自分たちの穢《けが》れを祓《はら》うための、お為ごかしに使ったのです。欲得ずくの変態どもに娘を売り渡すための、免罪符がわりにしたのです。人着ぬ紬がある限り、幼気《いたいけ》ない娘たちは欺かれ続けるでしょう。大人たちは、自分たちの罪に目を瞑《つむ》り続けるでしょう。

死の縁《ふち》に立たされた今、お初には、それがありありと見えるのでした。

でも……でも！　でも！　でも！

どうせ生きてここを出られないなら、せめて――、

――せめて生糸さなって、故郷に帰りてえよお！

お初は、最後の力を振り絞って、その思いを喉《のど》から絞り出そうとしました。

丸々と太った蛾が、可憐《かれん》な口をふさぎました。

了

解説

飴村　行

小学六年生の時の出来事だ。

よく晴れた初夏の朝で、いつもの通学路を登校していた。僕の前には同級生の女子がいた。他のクラスの子で二つ下の弟と歩いていた。交差点に差し掛かった時、向かいの歩道で三人の男子がこちらに向かって手を振った。友達らしく、前を歩いていた女子の弟も大きく手を振った。そして笑顔で通りに飛び出した瞬間走ってきた乗用車に撥《は》ねられた。ドゴッ、という鉄が肉を打つ鈍い音と共にその体は跳ね上がり力なく路《みち》に落ちた。幾つかの悲鳴が上がり車の通行が一斉に止まった。すぐに数人の大人が駆け寄り、ぐったりした弟の体を抱いて走っていった。現場は騒然となった。怒声のようなものが間断無く上がり、慌てふためいた人達が走り回った。歩道には僕を含めて七、八人の生徒がいた。みな呆然《ぼうぜん》として残された「姉」を見た。その視線に女子が気付いた。同時に彼女は何の前触れもなく笑い出した。明らかに演技と分かる強張《こわば》った笑みを浮かべ、ぎこちない嘘の笑い声を上げて楽しそうに笑った。そこにまた大人が駆けてきて、その子を連れて走っていった。

『お初の繭』を読み終えて、まず思い浮かんだのがその三十年以上前の異様な情景だった。そして三十年以上の時を経て、あの時彼女がなぜ笑ったのか、その意味を唐突に理解した。

理由はただ一つ、彼女が乙女だったからだ。

そして『お初の繭』の主人公も同じ十二歳の乙女だ。乙女とは処女であり心身の純粋無垢《むく》を意味する。誰にも汚されぬ清らかな存在、ただひたすらに純真さを保った存在は確かに圧倒的な美しさに満ちているが、その美しさを維持するためには決して「経験」することが許されず、その結果無知で稚拙で愚鈍であり続けなくてはならない。これは女性にとってある種究極の二律背反でありアンビバレントの極みである。なぜなら素敵な男性と「経験」したいがために、女性は本能的に己の美を保とうとするからだ。そしてこの究極の二律背反から生じる歯ぎしりするような葛藤《かっとう》こそが、この小説の根底に流れているものだ。

明治期の日本をモチーフにした世界で展開されるのは、奇妙な製糸工場に奉公に出た少女達の奇怪な青春群像劇だ。そして物語は大よそ三つの要素で成立している。

一つ目は「悲哀」である。

実際の日本でも子供は貴重な労働力との認識が戦前まではあった。しかしそれは同時に極貧から生じる「口減らし」を正当化するための大義名分であり、その延長線上には人身売買という人類共通の、そして究極のタブーが潜んでいる。

そしてこの物語の主人公・お初も山奥の貧乏農家に生まれたばかりに、十二歳で工女となり製糸工場に働きに出る。幼い頃から生まれ育った村ではそれが通例となっており、お初にも、そして一緒に工場へと向かう同級生達にもそれほどの悲壮感はない。

出発時に模範工女のお峰が自殺したことが発覚しても、さらに男に騙《だま》されて子を身籠《こも》ったことが自殺の原因だと嫌な噂を聞いても、彼女達は気丈に振る舞い希望を持ち続ける。しかしそれが逆に救いのない貧困と子供の労働力が常態化している残酷な現実を突きつけてくる。その何とも言えぬ閉塞感《へいそくかん》を最もよく表しているのが作中に何度も出てくる女工唄《うた》であり、その歌詞の中に隠された秘密が最後に明かされるミステリ的要素も含めて、極めて効果的で秀逸である。

二つ目は「郷愁」である。

初めの数ページを読んで分かることだが、本作は独特の文体で書かれている。常に語尾は「です」「ます」であり、使用されている固有名詞は勿論《もちろん》、形容詞や台詞《せりふ》の言い回し、比喩《ひゆ》の表現、擬音に至るまで徹底してレトロスペクティブ主義ともいうべき独特の情意に貫かれている。具体的に言えば戦前の児童向け雑誌、『少年倶楽部』や『日本少年』などに連載されていた一連の小説群を強く彷彿《ほうふつ》とさせる。そしてこれも一読すれば分かることだが、これらのレトロスペクティブ主義的技巧の多用により、どんなに悲惨な描写でも、どんなにグロテスクな描写でも、物語の雰囲気は常に一定の安穏さ（滑稽《こっけい》さ、間抜けさも含まれる）に保たれるという効能が生まれ、本来なら目を背けるべき場面でも、なぜか椋鳩十《むくはとじゅう》の小説（『モモちゃんとあかね』『お日さまのうた』等）を読んでいるような、あるいは『まんが日本昔ばなし』を観ているような不思議な安堵《あんど》感《かん》に包まれる。これは通常のホラー小説なら欠点となるべき点だが、この『お初の繭』に限っていえば、その安堵感が独特の世界観を構成するための骨子そのものになっており、完全な長所にしてしまっているところが凄《すご》いのである。

そして三つ目が「諧謔《かいぎゃく》」である。

小難しい言葉で申し訳ないが、有り体に言うとユーモアである。特に独特の固有名詞の中にそれが顕著であり、例えば『婦繰さん』や『牛の魔羅《べこ》』『フルチンスキー』『夜狩鳥』等の猥褻《わいせつ》さを含んだネーミングは物語自体が戦前のレトロスペクティブ主義に彩られているため一層際立ち、どこまでが本気でどこまでが冗談なのかよく分からない曖昧《あいまい》さも加わって思わず笑ってしまう。個人的にはお初のキャラが、花輪和一さんの漫画によく登場する、平安時代の幼女（『市魚』『ゆげにん』等に主演）に見えて仕方がなかった。

そして敢《あ》えて意図的に使用されているであろう使い古された擬音の数々、

『ショボショボ』『プーッ』『ヌボーッ』『カスカス』『ジロリ』『ジュウジュウ』『ガツガツペチャペチャ』『キョロキョロ』

等はこうして字面を眺めているだけでも、いい意味で強い脱力感に襲われる。どんなに残忍な殺人鬼でもこれらの言葉を百回ほど復唱させたら、たちどころに改心して全ての罪を自白してしまうような、まさに「愛と平和の言霊」そのものである。これらの擬音を臆面《おくめん》もなく応募原稿に書き記し、見事第十七回日本ホラー小説大賞を受賞した著者の一路晃司さんに幸あれ。

これら「悲哀」「郷愁」「諧謔」の三つの要素が複雑に、そして華麗に交じり合い絡み合って『お初の繭』は完璧に成立し、最大限にまで屹立《きつりつ》している。

そしてその三つの要素の語り部となっているのが常に十代前半の少女達である。主人公のお初を筆頭に彼女達は常に支え合い、笑い合い、助け合い、それでいて競い合い、妬《ねた》み合い、憎しみ合っているが、その根底にあるものは少女から女へと移行する際の葛藤、つまり純真でいたいという希求と、「経験」したいという欲求との激烈なるせめぎ合いであり、結局は全ての少女が「経験」を選び、あるいは「経験」させられることによって、純真を喪失する。

この未来永劫《みらいえいごう》変わることのない思春期の葛藤こそが、この『お初の繭』という奇怪な女工小説における唯一の希望であり救いである。どんな劣悪な環境においても、それがまさに地獄であっても、少女は敵(=同じ若い娘)を見出《みいだ》すことによって本能的に己の美を意識し、さらに磨きを掛けようとする。そしてその美の向こう側には常に男性が、極端な言い方をすれば(敢えてこの言葉を使うが)白馬に乗った王子様が常に微笑みを浮かべて待っているのである。その恋に焦がれる乙女の無垢なる、そして無知なる心こそが、劣悪な環境での地獄の労働に対する「鎮痛剤」となり、時には「目くらまし」となって、その無残な人生の苦痛を多少なりとも和らげる役目を果たすのだ。

だからあの時、三十数年前のあの事故現場で彼女は笑ったのだと思う。彼女は「姉」である前に「乙女」であり、常に「乙女」であることを選択したため、弟が車に撥ねられた瞬間、「可哀そうな人」という烙印《らくいん》を捺《お》されて同情されることに耐え切れず、自分は辛《つら》くなんかない、悲しくなんかない、同情されるに値しないと主張しようとして、咄嗟《とっさ》に強張った笑みを浮かべ、ぎこちない嘘の笑い声を上げて楽しそうに笑ったに違いない。

なぜなら乙女が最も望むものは栄光であり、それは最も忌み嫌うもの、つまり恥の裏返しにほかならないからだ。

本書は、二〇一〇年十月に小社より刊行
された単行本を文庫化したものです。

お初《はつ》の繭《まゆ》
一路《いちろ》晃司《こうじ》

角川ホラー文庫　17605

平成24年9月25日　初版発行
令和7年3月5日　3版発行

発行者――山下直久
発　行――株式会社KADOKAWA
〒102-8177　東京都千代田区富士見2-13-3
電話 0570-002-301（ナビダイヤル）
印刷所――株式会社KADOKAWA
製本所――株式会社KADOKAWA
装幀者――田島照久

●お問い合わせ
https://www.kadokawa.co.jp/（「お問い合わせ」へお進みください）
※内容によっては、お答えできない場合があります。
※サポートは日本国内のみとさせていただきます。
※Japanese text only

ISBN978-4-04-100489-0 C0193

角川文庫発刊に際して

角川源義

第二次世界大戦の敗北は、軍事力の敗北であった以上に、私たちの若い文化力の敗退であった。私たちの文化が戦争に対して如何に無力であり、単なるあだ花に過ぎなかったかを、私たちは身を以て体験し痛感した。西洋近代文化の摂取にとって、明治以後八十年の歳月は決して短かすぎたとは言えない。にもかかわらず、近代文化の伝統を確立し、自由な批判と柔軟な良識に富む文化層として自らを形成することに私たちは失敗して来た。そしてこれは、各層への文化の普及滲透を任務とする出版人の責任でもあった。

一九四五年以来、私たちは再び振出しに戻り、第一歩から踏み出すことを余儀なくされた。これは大きな不幸ではあるが、反面、これまでの混沌・未熟・歪曲の中にあった我が国の文化に秩序と確たる基礎を齎らすためには絶好の機会でもある。角川書店は、このような祖国の文化的危機にあたり、微力をも顧みず再建の礎石たるべき抱負と決意とをもって出発したが、ここに創立以来の念願を果すべく角川文庫を発刊する。これまで刊行されたあらゆる全集叢書文庫類の長所と短所とを検討し、古今東西の不朽の典籍を、良心的編集のもとに、廉価に、そして書架にふさわしい美本として、多くのひとびとに提供しようとする。しかし私たちは徒らに百科全書的な知識のジレッタントを作ることを目的とせず、あくまで祖国の文化に秩序と再建への道を示し、この文庫を角川書店の栄ある事業として、今後永久に継続発展せしめ、学芸と教養との殿堂として大成せんことを期したい。多くの読書子の愛情ある忠言と支持とによって、この希望と抱負とを完遂せしめられんことを願う。

一九四九年五月三日

粘膜人間

飴村行

物議を醸した衝撃の問題作

「弟を殺そう」——身長195cm、体重105kgという異形な巨体を持つ小学生の雷太。その暴力に脅える長兄の利一と次兄の祐二は、弟の殺害を計画した。圧倒的な体力差に為すすべもない二人は、父親までも蹂躙されるにいたり、村のはずれに棲むある男たちに依頼することにした。グロテスクな容貌を持つ彼らは何者なのか？　そして待ち受ける凄絶な運命とは……。
第15回日本ホラー小説大賞長編賞受賞作。

角川ホラー文庫

ISBN 978-4-04-391301-5

化身

宮ノ川顕

驚嘆の日本ホラー小説大賞受賞作！

まさかこんなことになるとは思わなかった——。日常に厭き果てた男が南の島へと旅に出た。ジャングルで彼は池に落ち、出られなくなってしまう。耐え難い空腹感と闘いながら生き延びようとあがく彼の姿はやがて、少しずつ変化し始め……。孤独はここまで人を蝕むのか。圧倒的筆力で極限状態に陥った男の恐怖を描ききる。緻密な構成と端正な文章が高く評価された、第16回日本ホラー小説大賞大賞受賞作「化身」ほか２編を収録。

角川ホラー文庫

ISBN 978-4-04-394476-7